文春文庫

鼠異聞

下

新・酔いどれ小籐次（十八）

佐伯泰英

文藝春秋

目次

「新・酔いどれ小籐次」おもな登場人物

赤目小籐次（あかめことうじ）　元豊後森藩江戸下屋敷の厩番。主君・久留島通嘉が城中で大名四家に嘲笑されたことを知り、藩を辞して四藩の大名行列を襲い、御鑓先を奪い取る（御鑓拝借事件）。この事件を機に、〝酔いどれ小籐次〟として江戸中の人気者となる。来島水軍流の達人にして、無類の酒好き。研ぎ仕事を生業としている。

赤目駿太郎　小籐次を襲った刺客・須藤平八郎の息子。須藤を斃した小籐次が養父となる。愛犬はクロスケとシロ。

赤目りょう　小籐次の妻となった歌人。旗本水野監物家の奥女中を辞し、芽柳派（めやなぎは）を主宰する。須崎村の望外川荘に暮らす。

五十六　芝口橋北詰めに店を構える紙問屋久慈屋の隠居。小籐次の強力な庇護者。

久慈屋昌右衛門　番頭だった浩介が、婿入りして八代目昌右衛門を襲名。妻はおやえ。

観右衛門　久慈屋の大番頭。

国三　久慈屋の手代。

秀次　南町奉行所の岡っ引き。難波橋の親分。小籐次の協力を得て事件を解決する。

桃井春蔵　アサリ河岸の鏡心明智流道場主。駿太郎が稽古に通う。

岩代壮吾　北町奉行所与力見習。弟の祥次郎と共に桃井道場の門弟。

空蔵（そらぞう）　読売屋の書き方兼なんでも屋。通称「ほら蔵」。

うづ　弟の角吉とともに、深川蛤町裏河岸で野菜を舟で商う。小籐次の得意先で曲物（わげもの）師の万作の倅、太郎吉と所帯を持った。

青山忠裕（ただやす）　丹波篠山藩主、譜代大名で老中。妻は久子。小籐次と協力関係にある。

おしん　青山忠裕配下の密偵。中田新八とともに小籐次と協力し合う。

お鈴　おしんの従妹。丹波篠山の旅籠の娘。久慈屋で奉公している。

鼠異聞（下）

新・酔いどれ小籐次（十八）

この作品は文春文庫のために書き下ろされたものです。

第六章　悲運なりや温情なりや

一

町奉行職は、通常四つ（午前十時）に登城して老中のお上がりを待ち、御用を伺い、進捗の一件あれば報告し、諸々の役向のものと打ち合わせして、御用が済み次第下城して、江戸府内に起こる雑多な騒ぎに備える。

この日、北町奉行榊原主計頭忠之は、御用部屋に登城した途端、茶坊主に呼ばれて老中青山下野守忠裕と面談することになった。

明和三年（一七六六）生まれの忠之は還暦を迎えていた。

織田信昆の三男として生まれ、直参旗本七百石の榊原家に養子に入った。養父忠堯の隠居を機に家督を相続し、将軍家斉に拝謁した。

その後、徒士頭、西ノ丸目付、小普請奉行と順調に昇進し、文化十二年（一八一五）に勘定奉行、文政二年（一八一九）に五十四歳で北町奉行に出世していた。町奉行職としては巷で、

「榊原様はよ、お裁きが早いしよ、かつそつなくて公平」

との評判を得ていた。

この榊原忠之、北町奉行職に就いて七年、城中中奥の作法も習わしも十分承知していた。

出仕した途端に老中の御用部屋に呼び出されたのは、初めての経験であった。

（なにが起こったか）

とあれこれ中奥の廊下を歩きながら考えたが、思い当たる節はなかった。

老中青山忠裕はにこやかな笑みの顔で迎えた。

「主計頭どの、日ごろの働き、忠裕感心しており申す」

「ははあ、ご老中のお言葉、恐悦至極に存じます」

と畏まった忠之に、

「本日、そなたを呼んだは公の御用にあらず。この下野の節介と思いなされ」

「ご老中のお節介とはいかなる筋にございましょうか」

「うむ」

青山忠裕は、忠之より二つ年下ながら丹波篠山藩主にして老中職を二十年以上も務めていた。

「お互い宮仕えゆえ、そなたの立場も職掌も承知しておる。じゃが、この一件、素早く始末をつけられたほうがそなたにとってよかろうと思う」

と前置きした青山老中の話が四半刻（三十分）続いた。

話がいったん終わった折、榊原忠之は、

「奉行辞職」

と覚悟した。

だが青山老中は前置きの言葉を思い出させ、早々に下城を促した。

半刻（一時間）後、奉行の御用部屋に無役同心木津与三吉・嫡子の勇太郎親子が呼ばれた。

その場には奉行の榊原忠之の他に年番方与力岩代佐之助だけがいた。榊原の家臣たる内与力・奉行付きの同心は、だれ一人として同席を許されず遠ざけられていた。

奉行の御用部屋に親子一緒に呼ばれたことなどない。緊張と不安で強ばった恐怖の顔がそれぞれにあった。

しばし無言の時が流れ、榊原奉行が岩代佐之助に微かに顔を振って用向きを述べよと告げた。

「はっ」

と畏まった岩代が、

「木津、そのほう、奉行の御用部屋に呼ばれた曰くに思いあたるか」

「岩代様、木津与三吉、全く思いあたる覚えございませぬ」

「木津、そなたの子息はこの場におる嫡男の勇太郎の他に何人おる」

と質した。

(留吉のことか)

と木津同心は気付いた。だが、留吉はもはや木津家の身内ではないと押し通す覚悟を決めた。

岩代佐之助も木津与三吉も同じ北町奉行所の与力・同心として代々の付き合いであり、与三吉は年の瀬には岩代家に呼ばれて、

「長年申しつける」

と一年かぎりの同心奉公を続けることを繰り返してきた。ゆえに木津家の子が

何人おるなど重々承知しているはずだった。

「岩代様、この場にある嫡男の勇太郎の他に娘が二人おりまする」

木津与三吉の返答に岩代がしばし間を置き、

「確か次男は夭折したはずじゃが三男がおらなんだか」

と当然承知のことを質した。

三男の留吉が八丁堀を出されて真綿問屋の摂津屋に小僧奉公に行かされたことも、真綿問屋を辞めて行方知れずのことも岩代は承知のはずだと与三吉は思った。ただしその経緯は知るまいと思っていた。だが、岩代は、

「留吉じゃが、どこにどうしておるか承知か」

と追及した。

留吉が店の売上金をわずか数朱くすねたことを番頭から知らされた与三吉は、平身低頭で詫びたあと、それなりの金子を送って弁済し、

「留吉はお店奉公が合わず自ら小僧を辞した」

ことで内々に話をつけていた。奉行所に知られたとしても目こぼしがあると高をくくっていた。

まさか留吉の摂津屋での行状を岩代はこの期に及んで持ち出す心算かと不安を

覚えた。

嫡男の勇太郎はひたすら無言を貫いた。そして、奉行同席の内談の結果を考えた。

(もはや木津家が北町同心を務めることはあるまい)

と勇太郎は覚悟した。

「真綿問屋摂津屋に小僧奉公に出ておりまする」

「そのほう、摂津屋に留吉が未だ奉公していると言いはる所存か」

「いえ、そ、それは」

「木津与三吉、留吉が町同心の身内としてなしてはならぬ所業をなしたのは二度目じゃのう。その後、真に留吉がどうしておるか知らぬか」

と岩代が念押しした。与三吉は、

「摂津屋の小僧を辞めたと確かに耳打ちされましたが、その後のことは」

「知らぬというか」

「はっ」

ともはや答える他はなかった。

「ならば言い聞かせようか」

「留吉がなんぞ仕出かしましたか」

と小声で尋ねた。

むろん小声で質そうと榊原奉行の耳に届いていた。

「江戸紙問屋久慈屋の道中に同道しておる者よりそれがしに書状が届いておる」

うっ、と与三吉は呻いた。そして、急いで頭に浮かんだ言葉を連ねた。

「久慈屋の道中に同道しているお方からの書状ですと。留吉となんの関わりがございますので。岩代様には申し上げる要もございませんが、留吉は過日、屋敷から十手を持ち出し、同心に扮して芝居小屋に入ろうといたしましたが、未だ十五歳ゆえ公にせず、八丁堀から追放し、商家に小僧奉公の処置で見逃すとの温情を示されたばかり。いかに留吉とて、なんぞ新たな騒ぎに関わっておるとは」

「思えぬか。ならば府中宿からの書状を読むがよかろう」

岩代が木津与三吉に書状を差し出した。

「それがし、ただ今無役同心、さような文書に目を通してようござろうか」

与三吉は、書状を読んだのちに木津家に降りかかる最後の命を恐れていた。

「それがしがお奉行の許しを得て読めと命じておるのだ。心して読め」

と念押しされた木津与三吉は、ははあ、と受け取るしかない。両手で押し頂いて書状を披いて読み出した。

関八州の代官所からいくつも手配書が回ってきている由良玄蕃なる者の一味に留吉がどういう関わりをもち、また府中番場宿の旅籠島田屋に押し入り、泊り客久慈屋の荷を襲ったかの経緯が事細かに認めてあった。

与三吉はもはやその先を読む勇気はなかった。

「岩代様、その留吉なる者、別人物とは考えられませぬか」

「そのほうの三男留吉ではないと申すか」

「留吉などという名は世間に多々ございましょう」

「黙れ、木津与三吉」

と険しい声音で叱咤した岩代与力が、

「こたびの久慈屋の御用には、この場におられる榊原様を始め南町のお奉行も、町奉行所の若手が世間を知ることは後々の役に立つと寛容な心遣いをなされ、桃井道場の年少組門弟六人をわが倅の見習与力の岩代壮吾が束ねて同道しておるのを知らぬわけではあるまい。壮吾と、留吉は幼い折から顔見知りである」

「は、はい」

と返答を失った父に代わり、木津家の嫡男勇太郎が覚悟を決めた顔付きで、

「岩代様、恐れながらそれがし父に代わりて、お尋ねしてようございますか」

と願った。

「勇太郎、許す」

「木津留吉、いえ、ただ今ではただの留吉なる者はどうしておりましょうか」

「そのほう、府中の留吉が実弟と思うか」

しばし勇太郎は唇をかんで瞑目(めいもく)していたが、

「岩代壮吾様がわが愚弟を見間違えるわけもございません」

と言い切った。

見習与力岩代壮吾と木津同心の嫡男勇太郎は、身分の違いはあれ剣術を通じて懇意の付き合いをなしていた。

「弟は府中宿の大番屋から江戸へ送られて参りますか」

勇太郎の問いに岩代年番方与力がしばし間を置いた。

「留吉はもはやこの世の者ではない」

岩代の言葉に木津親子は茫然自失し、言葉を失った。

もはや父親の木津与三吉はどう対処していいか分からない様子が歴然としていた。

「岩代様、弟の留吉は押込み強盗の一味に殺されましたか」

「いや、そうではない」

と岩代が顔をゆっくりと横に振った。

「とすると弟は」

「木津勇太郎、留吉を斬ったのは強盗一味ではない」

「だれが留吉を斬り殺したのでござるか」

と勇太郎が質したが岩代は答えずに続けた。

「由良玄蕃ら一味七人に加えて町人留吉なる者の八人、紙問屋久慈屋が高尾山薬王院に納める荷に密かに隠してあった大金を奪わんとして、由良と留吉なる者は即刻始末された由、その模様は道中に同行の赤目小籐次どのからも克明な書状が届いておる」

（赤目小籐次に斬られたか）

と勇太郎は確信した。

「ただし留吉なる者、即死のうえに身許不詳。ゆえにこの者、騒ぎに関わっていたと公にはせず」

と岩代が言い添えた。

「なんということが」

　と勇太郎が呻き、岩代が、

「木津与三吉、そのほう役付きの折、しばしば出入りしていた飛脚屋飛一があるな」

　と険しい顔を父親に向け直し、話柄を変えた。与三吉は、

「ああー」

　と悲鳴を上げた。

「どのような手を使ったのか知らぬ。そのほう、薬王院への荷のなかに大金が隠されておることを飛一にて承知し、その一件を屋敷に帰った折、酒の酔いにまかせて身内に喋りはしなかったか」

　岩代与力の厳しい詰問に与三吉はもはや答える術を知らなかった。

　重い沈黙が座を支配した。

「お奉行、お沙汰を」

　と岩代が北町奉行榊原に願った。

「木津与三吉、非人牢内にて切腹を申し付ける」

　もはや木津与三吉は、

「せ、切腹にございますか」

と北町同心という立場も忘れて、恐怖の顔で漏らした。

しばし間があって、嫡男の勇太郎が、

「父上、もはや言い逃れはできませぬ」

と言い、

「お奉行、岩代様、それがし、父の切腹に立ち会い、父の介錯(かいしゃく)をすることをお許しくだされ」

と平伏低頭して願った。

「勇太郎、お、おまえはこのわしの、ち、父の首を打つというか」

与三吉が未練げな表情で言った。

「父上、案じなさるな、それがし、父上のあとを追って腹を切る所存、もはや北町奉行所同心木津家は断絶にございます」

と言い切った。

「よかろう、岩代、そなた一人が立ち会え」

と榊原奉行が三人に命じた。

四半刻後、岩代佐之助が木津勇太郎を同道して奉行の御用部屋に戻ってきた。

「木津与三吉、切腹致しましてございます」

と岩代が報告し、

「落着致したか」

と榊原が答えた。

「お奉行、それがしの身の始末が終わっておりませぬ」

と勇太郎が申し出た。

「そのほう、父の後を追う心算であったか」

「はっ」

本来町奉行所同心の嫡子が父の切腹のあとを追うなどありえない。だが、木津家の最後の矜持として死しか手立てはないと勇太郎は考えた。

「心得違いである。われら、直参旗本から町奉行所与力・同心に至るまで忠誠を尽くすは十一代将軍家斉様お一人である」

と榊原主計頭忠之が言い切り、岩代を見た。

「木津勇太郎、木津家の跡継ぎとして同心を命ずる」

勇太郎が訝しい顔で岩代を、そして、榊原を見た。

「父の死を考慮した上でそのほう、木津勇太郎が跡を継ぐことをお奉行は許すと申されておる」

「そ、それは」

「理不尽と申すか。が、よく聞け。そのほう、父の後を追うより木津家の跡継ぎとして生きるほうが何倍も苦しい道じゃぞ。父の首を見事落としたそなた、生涯与三吉の死の責めとも悔いともつかぬ心情とともに生きていかねばなるまい。木津家は北町奉行所の同心百名のなかで最下位とみなが見ておろう。実弟留吉のこともある、父の与三吉の不行跡もある。木津家は元来、幕府開闢以来の下士として町奉行所同心に就いた家系じゃ、それがこの為体、勇太郎、そなた、命を張って木津家再興に尽くせ。そうせねばお奉行榊原様のご厚意に応えることはできぬ。それがしの申すこと、分かるな」

「は、されど父の首を打ったそれがしが、北町奉行所同心を務めることができましょうか」

勇太郎の反問に岩代が、

ふっ

と吐息を漏らした。

「こたびの一件、重荷を負って生きるはそのほうだけではないわ」

しばし岩代年番方与力の言葉を吟味していた勇太郎が、

「岩代様、どなたかこの一件で重荷を負われた方がございますので」

　と質したが、岩代は、

「そのほうが知るに及ばず」

　と険しい顔で言い放った。

　勇太郎がそれ以上問うべきかどうか迷っていると、

「南北両奉行所にも八丁堀にもそなたが同心として跡を継ぐことをあれこれと申す者が出てくることは容易に推測がつく。そのほうの奉公は同輩の同心より何十倍も厳しいぞ」

　と語調をやわらげた岩代が言い添えた。

「はっ」

　嫡子の壮吾から父親に宛てた書状には、府中宿島田屋の押込み強盗の一件が克明に記されていた。ゆえに岩代佐之助は、騒ぎの真相を承知していた。また、壮吾の文には、赤目小籐次の忠言として、

「留吉が府中におったことも、だれが留吉を始末したかも不分明にしてはいかが」

　との一条が付記されていた。

岩代佐之助は、下城してきたばかりの北町奉行榊原忠之に面会を求めると嫡子壮吾の書状のあらましを告げた。そのうえで、

「お奉行、この一件、赤目どのの忠言、至極もっともと思われます。この際、十五歳の留吉は押込み強盗一味に関わりなし、依って府中宿で留吉が身罷る(みまか)などありえぬ、とお考えになることはできませぬか」

と奉行に述べた。するとしばし間を置いた榊原が、

「岩代、最前城中にて、老中青山忠裕様に呼ばれた」

と言い出した。

「まさか青山様がこの一件を承知ということはございませんな」

「岩代、青山様と赤目小籐次が入魂(じっこん)の間柄ということを忘れたか」

「おお、迂闊(うかつ)でございました。で、青山様は何と申されましたか」

「この一件、旅に同行しておる赤目小籐次に任せるのが事を穏便に済ますことではないかとおっしゃった」

「驚きました。赤目どのは手早うございますな」

「赤目小籐次の書状を知る者は城中では青山様しかおらぬ」

「岩代様、父の不行跡をそれがし、御用で償えと申されますか」

「お奉行の寛容なるお考えを胸に秘めて身を粉にして働け。同輩の誹謗中傷に耳を傾けている暇などないぞ。木津家の不始末が世間にさらされるは北町奉行所の恥である。死ぬことよりも生きていることが辛くきついこともある、勇太郎」

「お奉行、岩代様、木津勇太郎、生涯かけて父の不行跡を償います」

と述べると静かに北町奉行の御用部屋を辞去していった。その背には悲壮な覚悟が漂っていた。

「あの者なればよき同心になろう」

「われら親子して、必ずや道義を心得た同心に育てます」

と年番方与力岩代佐之助が請け合った。

二

関東山地の南東部に位置する高尾山は、二千尺（五百九十九メートル）、信仰の中心である飯縄大権現を本尊とした修験道と、真言宗薬王院有喜寺とが融合した祈禱寺院であった。

久慈屋一行が高尾山薬王院の麓別院に到着して以来、ずっとしとしとと雨が降り続いていた。

湿気が大敵の紙を背負って山道を登るわけにはいかない。

それでも別院に到着した翌日、蓑を着て足元を武者草鞋にかためた昌右衛門と国三の主従に小籐次が従って、薬王院有喜寺に到着の挨拶に出向くことになった。

その折、小籐次が自分の部屋に岩代壮吾らを呼んで、

「われら、薬王院の貫首に挨拶に参る。されどこの雨である、われら三人が本日じゅうに山を下ってくるとは言い切れぬ。山の上で何日か足止めをくうことも考えられる。岩代どの、車力たちや年少組の六人といっしょにな、そなたら、この薬王院麓別院に留まることになる。そこで願いじゃ、八重助親方らといっしょに荷を見守ってくれぬか」

「畏まりました」

と壮吾が即答した。

「なにか分からぬことがあれば、麓別院の修行僧や講中の方々の面倒を見ておられる白玄どのに尋ねられよ。見てのとおり関八州や甲斐相模などから高尾山詣でに参られる大勢の講中のために宿坊もあれば、食堂も備わっておる。年少組が退

屈しのぎに剣術の稽古をするに十分な広さの土間も道場と見まごう板の間もある。白玄どののにお借りしてよいという許しを得てあるでな、桃井道場の稽古をこちらでなされよ。霊山の別院で稽古をするのもまた旅の楽しみの一つであろう」

小籐次の忠言に頷いた壮吾が、

「この雨はいつ止むのでございましょうか」

と問うた。

「うーむ、梅雨にはいささか時節が早かろう。白玄どののもしとしと菜種梅雨のような雨が何日も続くことは珍しいと訝しそうに首を捻られた。そのようなわけで、三人が何日山上の薬王院に滞在を余儀なくされるか、雨の降り方次第であろう」

と山の気候を案じた。

「赤目様、ご案じめさるな。それがし、八重助親方と相談し、白玄どののに尋ねながら雨が上がるまで、剣術稽古をして待ちまする」

壮吾の傍らから八重助もうんうんと頷いたが、十三歳組の祥次郎、嘉一、吉三郎らは、

「えっ、兄者が稽古をつけるだと、頭が割れるほど叩かれるぞ。高尾山に来るのではなかったな」

とか、

「祥次郎、そなたは実弟ゆえ致し方ない。われらは他人じゃぞ、なんとか壮吾さんの面打ちを避ける方法はないか」

とか小声で言い合った。

「そうだ、駿太郎(しゅんたろう)さんがさ、壮吾さんの相手をして好き放題に打ち合っておればよかろう」

と嘉一が言い出した。

「それがいい、頼むよ、駿太郎さん」

「吉三郎さん、一日じゅう稽古に明け暮れるなんて極楽浄土ではありませんか。壮吾さんとの打ち合いも楽しみですが、繁次郎さんや由之助さんと好き放題稽古ができるのはうれしいな」

「ああ、吉三郎が駿太郎さんの稽古心に火をつけたぞ。兄者と駿太郎さんの二人を相手にするのは厳しいぞ」

と祥次郎が小声でもらす顔をちらりと壮吾が見たが、なにも言葉を発しなかった。その代わり、

「赤目様、それにしてもこの雨のなか、山登りはきつうございますな」

と小籐次に話しかけた。

「昌右衛門さんは貫首どのと急ぎの話があるとかでな。昌右衛門さんも国三さんも一度ならず高尾山の山登りは経験しておられる。わしも昔のことじゃが、高尾山の山道を登り下りして、琵琶滝に何日も逗留して刀の研ぎをしたこともある。まあ、見知らぬところではないでな、雨は難儀じゃが山道に迷うことはあるまい」

「赤目様、琵琶滝なるところで刀研ぎをされたのですか」

岩代壮吾が急に関心を示した。

「おお、ただ今駿太郎が差しておる孫六兼元を芝神明社の神官どのから頂戴したのが何年前かのう。申すに及ばず誉高い名刀じゃが、長いこと刀簞笥に眠っていたとみえて刃全体に曇りが出ておった。そこで兼元を高尾山に持参して、琵琶滝の宿坊の一角に研ぎ場を設えて研ぎ直したことがあるのだ」

「そうでしたか。孫六兼元は高尾山の琵琶滝で甦ったのですね、そして、ただ今駿太郎さんの腰にある」

と壮吾がうらやましそうな顔をして駿太郎を見た。

「壮吾どの、そなたの刀を見せてみよ」

と小籐次が不意に命じた。

「それがしの刀は父が持っていた一剣でして、孫六兼元などと比べようもない平々凡々たる新刀です」

と言い訳した。

「さようなことはどうでもよい」

と受け取った小籐次は、部屋の中からそぼ降る外に向けて鞘を払った。

江戸初期に鍛えられた先反りの新刀、二尺三寸二、三分の刃渡と思えた。実戦向きに相模の刀鍛冶が鍛造した、武骨ながらしっかりとした拵えであった。

小籐次の動作を年少組の面々や車力たちが見守っていた。

鎺から鋒まで刀身全体をさっと眺めた。地鉄や刃文には関心を持たず、鋒から三、四寸ばかり下の物打ちをじいっと凝視した。

物打ちとは刀身のなかで一番斬撃に使われる部分だ。

「やはり少々欠けておるな」

との呟きに、

「過日の打ち込みで刃が欠けましたか」

と壮吾が訊ね返した。

「初めて刀を使った者がよく陥ることよ。つい力が入りすぎて刃に無理がかかったのだ、ようこれで済んだ、致し方あるまい」

「未熟でした。江戸に戻ったおりに研ぎ師に手入れを願います」

と壮吾が応じた。

この小籐次と壮吾の問答を聞いて事情を理解したものは駿太郎しかいなかった。あの場において壮吾は、留吉と由良玄蕃の二人を先の先、後の先と攻め方を変えて一気に斬り斃した。このことを承知なのは小籐次と壮吾の他に駿太郎と国三しかいなかった。その国三は昌右衛門の雨仕度を手伝っていて、離れた場所にいた。

「この地でなにがあってもいかん」

と言った小籐次が壮吾の刀を鞘に納め、自らの腰から愛用の備中次直を抜くと、

「しばらくわしの次直を使え」

と差し出した。

「えっ、酔いどれ小籐次様の備中次直をそれがしにお貸し下さるのでございますか」

壮吾が予期せぬ申し出に驚きの表情で聞き返した。

「岩代壮吾どの、戦国時代が終わって二百数十年が過ぎ、武士の刀は飾りものと

堕しておる。細身にして華やかな拵えや提げ緒の刀を誇る風潮が蔓延しておる。されど武士の本分は、持ち物の刀にすべてが現れる。そなたは江戸北町奉行所の与力として、今後実戦の場に立ち会うこともあろう。物打ちの欠けた刀で、生死をかけた戦いができようか」

「えっ、この高尾山でさようなことが起こりますか、赤目様」

「そうは言うておらぬ。じゃがな、いつなんどきなにが起こっても対応できるよう、町奉行所見習与力には十全の仕度と覚悟が求められる、それがそなたの奉公よ」

「は、はい」

岩代壮吾は、桃井道場で初めて稽古を願った折以来、赤目小籐次を敬愛し、私淑していた。

「刃がわずかに欠けておることを知った以上、不意の戦いにおいて気がかりとなり、対等な太刀打ちができまい」

と小籐次は、次直を壮吾に渡し、物打ちのこぼれが生じた壮吾の刀を己の腰に差した。

すでに麓別院の式台前では雨の山登りの仕度を整えた昌右衛門と国三が待ち受けていた。二人とも雨にぬかるむ山道に滑らぬように金剛杖(こんごうじょう)を携(たずさ)えていた。

小籐次も別院の備えの金剛杖を選び、

「駿太郎、父がいったん出かけたからには、留守が何日に渡ろうとそなたらの判断で時を過ごせ、よいな」

「父上、ご案じ下さいますな。われら、壮吾さん、八重助親方のもとで雨が上がるのをこの麓別院で稽古しながら何日でも待っております」

と駿太郎が言い切った。

「うむ、頼んだぞ」

と声をかけた小籐次は、昌右衛門と国三に、

「お待たせ申しました」

と詫びた。

雨のなか山登りする三人は菅笠、蓑、武者草鞋と山登りの仕度も十分に麓別院を出て、山道入り口に向かった。

国三の蓑の下には七百両の金子が負われていたが、その事実を知る者は同行者の昌右衛門と小籐次しかいなかった。

そんな三人を見送った祥次郎が、

「兄者、どうだ、赤目小籐次様の刀は」

と尋ねた。

「うむ、ふだんの刀より二寸は短いはずじゃが、腰のあたりがむずむずとして重く感じられて落ち着かぬな。天下の武人赤目小籐次様の幾多の戦いが次直一剣に籠(こも)っている重さかな」

とだれとはなしに言った壮吾が、

「駿太郎さん、父上の刀、抜いてよいかな」

と駿太郎に聞いた。

「父上が壮吾さんに預けた刀です。遠慮なさらずご覧になってはどうですか」

「そうか、抜いてよいか」

と言いながら最前の小籐次の作法を真似て次直を抜き、

「やっぱりそれがしの刀より二寸は短いな」

と感想を漏らした。

「父はもしやして壮吾さんに二寸の違いを経験せよと次直を貸し与えたのかもしれませんね。私が知るかぎり、次直を使うことを前提に他人に貸し与えたのは岩代壮吾さんが初めてです」

「駿太郎どの、そう聞かされるとそれがし、身震いするほど恐れ多いわ」

そういった壮吾は鋒からゆっくりと刀身を凝視して、

「数多（あまた）の戦いに使われた次直の刃に曇り一つない」

と呟いた。

年少組ばかりか車力の八重助親方たちまで次直の周りに集まってきて、

「おい、これが『御鑓拝借（おやりはいしゃく）』騒動以来、小金井橋の十三人斬りなど、数えきれないほどの敵と対戦して勝ちを得てきた刀か。ううーん、車力風情に刀のことは分からんが、なにやら刃からめらめらとした静かな凄みが立ち昇ってないか」

「親方、岩代壮吾、手に震えがきました」

と八重助へ壮吾が言った。

「兄者、おれに持たせてくれぬか」

と思わず祥次郎が手を伸ばそうとしたが、

「ばか者。赤目小籐次様はこの岩代壮吾にお貸しになったのだ、祥次郎、そなたが手に触れるには十年、いや、二十年早いわ」

と怒鳴られ慌てて手を引っ込めた。

（それにしても赤目様は、由良玄蕃と戦った折、力が入り過ぎて物打ちに刃こぼれを生じさせたことを刀も見ずして推量しておられた。それがし、未だ未熟者だ）

壮吾と由良玄蕃の戦いは、留吉を斬った勢いで壮吾が後の先を選び、そのことが功を奏して勝ちを得た。だが、その現場に立ち会ったのは国三と駿太郎、そして戦いに加わることなく見物に回った小籐次の三人だけだ。

（あの場に赤目小籐次なくば、あのような後の先の戦いが出来たであろうか）

関八州からの流れ者剣術家の始末は別にして留吉の存在は、小籐次からその場にいなかったことにせよとのきつい緘口令が三人に告げられ、亡骸を始末したはずだ。

「兄者、赤目様は『御鑓拝借』騒ぎ以来、幾たびもこの次直で斬り合いをされておるのだろうが、曇りがないとはどういうことか」

最前叱られた祥次郎が新たな疑問を呈した。

しばし沈思した壮吾が、

「それがしにもわからん。だが、赤目小籐次様は己から好んで刺客や悪党どもを斃されたわけではあるまい。この世に生かしておけばまた悪事を重ねる輩と考えられたゆえ、世のため人のために始末された。その心意気が刃に血の染み、曇り、刃こぼれを残させぬのではないか」

と推量を若い年少組に告げた。

「壮吾さん、父は、亡き父、私にとって血のつながりのない義祖父の教えに従い、次直の手入れを常に怠ったことがなかったことも曇りなき一因かと存じます。ともかく父は壮吾さんの覚悟と力を認められたのです。事が起こった際は、存分に次直を振るってください。駿太郎からもお願いします」

「赤目様親子の気持ち、岩代壮吾決して無駄にはせぬ」

壮吾が言い切った。

駿太郎は壮吾が、

(変わった)

と思っていた。

それは初めての実戦で生と死の狭間に立った結果だ。そして八丁堀で物心ついた折から知る木津留吉の口を自ら封じたには壮吾の考えがあってのことだと承知していた。

留吉を斬った動揺が壮吾に残っていることを父の小籐次が承知して、歴戦の備中次直を貸し与えたのだと駿太郎は思っていた。だが、かような判断を年少組の前で口にすることはできなかった。そこで話柄を戻した。

「壮吾さん、薬王院の板の間をご厚意で貸していただいたのです。稽古をいたしましょうか。旅の間、十分に稽古を積んでおりませんからね」

薬王院有喜寺の麓別院では、法要の折などに関八州、甲斐、相模などから大勢やって来る講中の人々が寝泊まりしたり休息したりする広々とした板の間を使って稽古をすることにした。

板の間を管理する別院の男衆(おとこし)に尋ねると、山登りのための金剛杖が多数保管されているという。

こたびの旅で孫六兼元の他に木刀を携帯したのは駿太郎だけだ。そこでそれぞれが自分に見合った杖を選んで素振りから稽古を始めた。

体が温まったところで壮吾が、

「駿太郎さん、次直に少しでも慣れておきたい。来島水軍流(くるしますいぐんりゅう)の抜き打ちの稽古をせぬか」

と提案し、駿太郎も頷いた。

森尾繁次郎ら桃井道場の年少組も八丁堀の屋敷からそれぞれ持参した刀や脇差を腰に差した。

「壮吾さん、ご指導願います」

駿太郎が年少組の目付方の壮吾に願った。

「駿太郎どの、それがしができるわけもない。父上赤目小籐次様から直接に来島水軍流の指導を受けてきた駿太郎さんこそ、われらの手本じゃ。われら六人と駿太郎さんが向き合い、教える役目はそなたじゃぞ」

と言い切り、駿太郎も素直にその言葉を受けとめた。

「未熟ですが、私が父から習った抜き打ちをゆっくりとしてみます。力まかせに抜いたり、勝手な構えでの抜き打ちをしたりすると、隣に立つ人に怪我を負わせることになります。真剣であることを十分に意識してください」

と注意した。

年少組は、以前から祖父や父から与えられた刀や脇差を所持していたが、桃井道場で真剣を使うことはなかったし、許されていなかった。それだけに年少組の面々は緊張していた。

駿太郎は、父の小籐次の見よう見まねで長年稽古してきた真剣での抜き打ちの構えから始まり、刀を抜く動きやかたちをゆっくりと繰り返して見せた。

「ふーん、それくらい動きが遅いのならさほど難しくなさそうだ」

祥次郎が自己流の抜き打ちの構えをとった。

「祥次郎さん、刀は腕で抜くのではありません。体の構えが決まっておれば自然に抜くことができます」

「こうか」

祥次郎が脇差を抜こうとしたが、構えが不安定なために力まかせになった。

「ゆっくり抜くより早く抜いたほうがよくないか」

「いえ、基の構えと動きを身につけることが大事です。私がいまいちどゆったりとした抜き打ちをしてみます」

と断った駿太郎がしばし瞑目して雑念をはらい、技をなすことに集中すると、ゆったりとした動きで孫六兼元を抜き、しばし残心の構えから正眼に移して納刀した。その動作を繰り返しながら、だんだんと速い抜き打ちの動作へと移っていった。

駿太郎の動きを見ながら壮吾が次直で試みたが、普段使う刀より次直は二寸ほど短いゆえにどうしても動きが滑らかではなかった。

三

小籐次たちは雨のなか、高尾山山頂付近にある薬王院有喜寺への山道にさしかかった。

手代時代からこの山道をよく知る八代目昌右衛門が先頭を行き、続いて蓑の下に帆布造りの袋に入れた七百両の小判を背負った国三が続いた。塗笠と蓑のせいで国三が大金を負っていることは、狭い山道ですれ違ったとしても気付く者はまずだれもいまい。

三人の最後を腰に岩代壮吾の刀を差し、金剛杖を手にした小籐次が歩いた。冷たい雨だ。一歩登るごとに体が冷えてきた。

小籐次はおりょうが高尾山登りというので手甲脚絆と袖なしの綿入れ羽織を持たせてくれ、蓑の下に着こんでいた。そして、錦の古裂の袋に包まれた懐剣が懐に忍ばせてあった。

三人はひたすら黙々と山道を進んでいく。すると雨に濡れた野猿の群れが山道をいく三人に向かって、

きいきい

と攻撃的な鳴き声で威嚇した。

だが、三人ともに高尾山ならずとも山に慣れていた。野猿の威嚇にも応えずひたすら山道をゆっくりと確実に歩を進めていった。

薬王院は古より信仰のあつい寺として知られ、数多の武将の寄進をうけ、幕府も慶安元年(一六四八)に七十五石の朱印地を安堵していた。そして、近世になればなるほど、薬王院は、

「開運出世、火難盗難除、怨敵悪魔降伏、難病平癒、長寿、子宝安産」

などご利益があるとして数多の信徒たちを集めていた。そのように大勢の信徒に支持されて配札、祈禱を行ってきたにもかかわらず、薬王院がなぜ久慈屋に七百両の借財を頼まねばならないのか、そのことに小籐次は大きな疑念を抱いていた。

先頭を行く昌右衛門の足が止まった。

小籐次が見ると、行く手に野猿の群れが待ち受けていた。

「昌右衛門どの、国三さんや、動いてはなりませんぞ」

と声をかけると、ゆったりと二人の傍らをぬけて先頭に立った。

野猿たちとの間合いは八間余か。

「猿や、われらはこの高尾山の主、薬王院に招かれて江戸から参った久慈屋の旦那とその一統二人じゃ。悪さはせんで、通してくれぬか」

と小籐次が優しい口調で話しかけた。

だが、野猿の長か一番大きな一頭が、
きいっ
と鳴くと歯をむき出して威嚇した。

「案ずるでない、われらはそなたらになんの悪戯をする気もないでな」

と小籐次が諭すようにあくまで親し気に話しかけた。

そのとき、小籐次は背後に人の気配があるのを感じとった。

(何者か)

数人の気配はこちらに敵意を持っていた。

だが、そのことに気付いているのは小籐次だけだ。昌右衛門にも国三にも前後から挟まれたことをいう心算はない。前方の猿にしか注意は向いていなかった。

(さてどうしたものか)

小籐次が迷ったとき、突如、高尾山中に太鼓の音がどこからともなく響いてきて、野猿たちが警戒心を太鼓の音に向けた。

きいっ
と頭分の猿がひと鳴きすると猿の群れが雨の林のなかへと消えていった。

太鼓の音も止んでいた。

残るは立ち止まった三人の背後の樹林に潜む何者かだ。

「どなたか存ぜぬが、われらは江戸の紙問屋久慈屋の主従でな。なんぞ気がかりかな、猿とてわれらに道を空けてくれたがのう」

小籐次の声に、昌右衛門と国三が驚いた。だが、その声に気配の主がひるむことはなかった。

ふたたび二人の背後に回った小籐次に敵意の籠った視線が向けられた。だが、雨のそぼ降る高尾山中は昼にもかかわらず薄暗かった。ためにどこに何人が隠れ潜んでいるか、小籐次にも分からなかった。

「昌右衛門どの、国三さんや、姿勢を低くしてしゃがんでいなされ」

と願い、二人が濡れそぼって、ぬかるみの山道の斜面に腰を落とした。

次の瞬間、弓弦の音が二つの方向から響き、小籐次に向かって矢が二本飛んできた。

小籐次の手にしていた金剛杖が虚空に閃き、飛来した二本の矢をへし折ったが、足元が悪く小籐次が傾いた。

(次なる矢は身で受けるしかないか)

と小籐次が覚悟をしたとき、野猿に向かって打たれた太鼓の音が響いたと思うと、樹幹の間を礫が飛んで、小さな悲鳴が上がった。

小篠次はその間に足元を固め、構えを直した。

すると林のなかにいた人の気配が物音ひとつ立てずに消えていった。

礫ももはや飛ばなかった。

しばし周りの様子を確かめた小篠次は、

「昌右衛門どの、お進みくだされ」

と言って、昌右衛門も国三も無言で三人の列を作り直し、山頂に向かって山道を進み始めた。


壮吾の刀の扱いは、明らかに以前とは変わった、と駿太郎は理解した。

府中宿で流れ者の剣術家由良玄蕃と戦ったことが、壮吾の刀に対する考えを変えていた。そして、刀身が二寸短い次直の扱いにもだんだんと慣れてきた。

「真剣での抜き打ち稽古は毎日繰り返すことで構えも動きも己のかたちが生じると父から聞かされています。この旅から江戸に戻っても稽古を続けてください」

と駿太郎が願い、腰から孫六兼元を外した。

「壮吾さん、打ち合い稽古をお願いします」

駿太郎は木刀、壮吾は金剛杖での打ち合い稽古だ。こちらも気を抜くと大けがをすることになる。だが、駿太郎が桃井道場に入門して、毎日のように木刀や竹刀で打ち合い稽古を続けてきた二人はその間合いを心得ていた。

半刻ほど打ち合い稽古をすると汗びっしょりになった。

傍らを見ると森尾繁次郎らが素振りの稽古をしていた。

「駿太郎さん、この雨、いつまで続くのかな」

と嘉一が朝から幾たび目となるのか同じ問いを発した。

「数日は続くかもしれないと修行僧の方が最前教えてくれました。雨がやんでも山道はぬかるんでおりましょう。紙束の荷を負って薬王院に上るのはだいぶ先のことでしょうね」

「稽古ばかりだと退屈だよな」

祥次郎が言い出したが、いつも弟に注意する兄の壮吾は黙っていた。

「祥次郎さん、旅に出れば、江戸に暮らしている折と違う時が流れています。雨さえ上がれば、きっと美しい初夏の高尾山の景色が楽しめますよ。われらにはこうして桃井道場より広い稽古場があり、三度三度の食事を頂戴し、寝床もあります。八丁堀からせっかく離れて旅に出てきたんです、楽しみましょう」

と駿太郎が年少組に言った。

「駿太郎さん、山中に名所があるのか」

と吉三郎が問うた。

「父からこの旅に出る前に教えられたことですが、高尾山に山内十勝と呼ばれる十か所の名所があるそうです」

「え、山のなかに名所が十（とお）もあるのか」

「薬王院有喜寺を筆頭に威神台、白雲閣、紫陽関、海嶽楼、望墟軒、七盤嶺、雨宝陵、琵琶滝、そして最後が鳴鹿澗だそうです」

「駿太郎さんさ、どれも人っこ一人いなくてさ、鹿だ猪だ熊だなんてのがいるんじゃないか」

「繁次郎さん、かもしれませんね」

と駿太郎が平然と答えた。

その刻限、久慈屋の昌右衛門、国三、小籐次の三人は雨に打たれつつも山道を登りきり、薬王院有喜寺に到着していた。

国三の背の七百両の金子は無事届けられたことになる。だが、この金子のことを知る何者かが高尾山中にいることを小籐次らは察していた。

三人が薬王院の若い神官に名乗ると直ぐに禰宜と思しき年配の神官が姿を見せて、

「おお、久慈屋どの、赤目様、この雨のなか、山道を登ってこられましたか、ご苦労でしたな。まず冷えた体を湯で温めてくだされ、貫首の言葉にございます」

と薬王院の湯殿に三人を早速案内していった。

湯船に浸かった三人は、初夏というのに暗く冷たい山の雨に打たれた体を温めて人心地がついた。

用意されていた着換えに身を包んで貫首に挨拶することになった。八代目の昌右衛門や小籐次や国三が小僧時代に会った貫首山際宗達は亡くなり、新たな貫首山際雲郭と代わっていた。

「久慈屋さんでも先代が隠居なされてそなたが八代目に就かれたそうな」

と雲郭が質した。

「はい。私は手代時代から幾たびかこちら薬王院に参りましたが、八代目の昌右衛門に就いてから初めての高尾山詣でにございます。山際雲郭様、これまでどおりお付き合いのほどをお願い申します」

と昌右衛門が丁重に挨拶した。

「先代の、ただ今は隠居の五十六様からも懇切なる書状を頂きましてな、雲郭恐縮しておりますぞ」

と昌右衛門に応じた雲郭貫首が視線を小籐次に向けた。

「赤目小籐次様、お初にお目にかかります。その昔、赤目様が当山に詣でられた折、私、京の本寺に修行に参っておりまして赤目様とはお会いしておりません」

と小籐次に自らを紹介した雲郭は歳のころ、四十前後かと思えた。

「貫首どの、宗達様にお許しを得て琵琶滝で水に打たれ、かの地の研ぎ場をお借りして孫六兼元を手入れした思い出がございましてな」

「山際宗達は私の叔父にあたりますが、赤目小籐次様の話を幾たび聞かされましたか。私もお目にかかるのが楽しみにございました。こたびも琵琶滝に打たれ、研ぎをなさいますかな」

と雲郭が笑みの顔で質した。

「研ぎ場をお借りできるならば、いささか曰くのある懐剣を手入れいたそうと持参致しました」

「ほうほう、曰くのある懐剣の手入れでございますか」

と雲郭が関心を示したのを見てとった小籐次が懐に携えた懐剣を差し出した。

「拝見してよろしいかな」

「むろんのこと」

雲郭が錦の古裂の袋を見て、

「数百年以上は経ておりましょうかな」

「客が言う言葉を信じるならば、本物の相州五郎正宗とか。五郎正宗師は文永九年生まれと聞きましたゆえ、優に五百年は経ておりましょうかな」

「なんと五百年の古刀にございますか。拝見致します」

と袋から取り出した懐剣の鞘を子細に眺め、ゆっくりと抜いて菖蒲造の造込みを見た雲郭が、

「菖蒲造は、勝負に通じるところから戦国武者に好まれ、甲冑の間からの刺突に向くと聞き及んだことがございます。今は女子衆の持ち物でございますな」

さすがに戦国武将にあつく信仰されてきた高尾山薬王院の貫首だ、懐剣についてよく承知していた。

「貫首どのが申されるとおり女衆の持ち物と思えます。されどそれがしに手入れを願った者は別人でござった」

「赤目様、懐剣の手入れをよく頼まれますか」

「いや、初めてにござる」

「つかぬことを伺いますが、なぜ手入れを引き受けられましたな」

「未だこの菖蒲正宗と称される懐剣が相州五郎正宗と決まったわけではござらぬ。じゃが、この菖蒲造に曇りがかかり、持ち主の哀しみとも寂しさともつかぬ不運の情が窺えましてな、手入れを受け入れた次第にござる。その数日後に高尾山薬王院有喜寺に同道してくれませぬかと八代目昌右衛門様に願われ、この菖蒲正宗、高尾山琵琶滝で手入れをなすさだめにあったかと、かように持参した次第です」

　小籐次の説明に大きく頷いた雲郭貫首が、

「赤目様、琵琶滝の研ぎ場は好きなように使って、満足のいく手入れをされよ。が、その前に」

「その前になんぞござるか」

「この雲郭、赤目様にお願いしたき儀がございましてな、久慈屋の当代に同道を願いました。その前にこの菖蒲正宗、護摩焚き(ごまた)をして手入れの無事成就をと考えましたが、いかがですかな」

　と雲郭が言い出した。

「おお、それはなんともあり難き思し召し、貫首どの、ぜひお願い申したい」

との小籐次の返答によって大本堂に護摩供の用意がなされ、護摩木を焚いて本尊に菖蒲造の懐剣の秘めた不運を払う祈願をなした。

護摩焚きが終わったあと、国三が退出し、雲郭、昌右衛門、そして小籐次の三人だけになった。

「薬王院への山道、何事もございませんでしたかな」

との雲郭の問いに小籐次が野猿の群れに山道を塞(ふさ)がれたことと、正体を見せぬ者たちに矢を射かけられたことを告げた。だが、太鼓を叩き、礫を投げた者のことは口にしなかった。

雲郭の前に七百両の包みが置かれてあった。

その包みに視線をやった貫首が、

「久慈屋さん、私ども長い付き合いとは申せ、七百両もの借金を『ようございます』の一言でお受け頂き、雲郭感謝にたえません。昌右衛門さん、そなた、薬王院有喜寺ともあろう寺が七百両の借財を申し出るとは、不思議とは思われませんでしたか」

「正直、困ったことだと思い、先代が隠居して初めて知恵を借りに隠居所に私ひとり参りました。その折、話を聞いた隠居の五十六は一言、貫首雲郭様の申し出を受けなされとの返答にございました」

「なんと隠居がな、それは私への信頼ではない、身罷った先代山際宗達との信頼があればこそ」

と応じた。

「隠居から一つだけ注文がございました」

「なんでございましょうな」

「赤目小籐次様を同行せよとの忠言にございました」

ふっふっふ
と笑みを漏らした雲郭が、

「借財をお願いした折、私も久慈屋さんと入魂の赤目小籐次様を同道してくれませんか、と願いましたな」

「はい。赤目様がこの高尾山薬王院有喜寺に再訪されることは借財うんぬんのあるなしにかかわらず決まっていたことにございます」

と昌右衛門も笑みの顔で応じた。

「さような事情を知らぬそれがし、倅ばかりか桃井道場の倅の剣術仲間まで連れてきてしもうた」

と小籐次が嘆息した。

「赤目様、府中宿での騒ぎは、すでに私どもの耳に入っております。ご子息もご一緒とは心強いことでございます」

と雲郭貫首が答えて、三人だけの話し合いが一刻（二時間）近く続くことになった。そして、その夜、小籐次らは薬王院に泊まることになった。

四

江戸でも雨が降っていた。

高尾山界隈のしとしとした陰雨とは違い、豪雨が降ったりやんだりしていた。

紙問屋にとって陰雨であれ豪雨であれ霖雨(りんう)は大敵だ。

小売店ではないので半紙一帖なんて客はいない。炭など乾燥材を大量に入れた蔵に品を入れて湿気から守っていた。

この日の昼下がり、冷たい雨が小降りになったとき、高下駄を履いた読売屋の空蔵(そらぞう)が番傘を手に濡れそぼって久慈屋の店先に入ってきた。

　赤目小籐次と駿太郎親子の、

「本日休みを告げる紙人形」

が店奥に据えられ、少し離れた場所に火鉢が置いてあった。だが、赤目親子の紙人形もなんとなく無聊をかこっている表情を見せていた。

　帳場格子には大番頭の観右衛門と筆頭番頭の東次郎が並んで座り、帳簿をつけていたが、観右衛門は広げた帳簿より芝口橋を往来する駕籠屋や荷馬や下城する大名行列や、直参旗本一行が塗笠に合羽を着こんで悄然と雨のなかを歩く姿に、見るとはなしに眼差しを向けていた。

「久慈屋も暇かねえ、これじゃ、商売あがったりだ。いっそ休みにしたらどうだえ、大番頭さん」

「雨だ、雪だといって休業をするようだと、そのお店は早晩潰れます。うちは創業以来、仕来りに従い、大火事などよほどのことがないかぎり、店を閉めるなんてことは致しませんぞ。そういう空蔵さんも仕事を探しにうちに見えたのでしょうな」

「仰るとおりですよ。いやね、日本橋からこちらに数寄屋町を歩いてきたんだが、どこのお店も行灯をつけて開店休業って感じでさ、小僧が箒を手に無為に表を眺めていましたな。ところがね、意外に客が出入りする店がある」

「ほう、この気候の中でお店盛況とは羨ましい。どこですね」

「大番頭さん、食い物やだ。それもこの季節だというのにもり蕎麦じゃねえ、温かい汁物の蕎麦やうどんの注文だ」

「ああ、蕎麦屋でかけ蕎麦やうどんね、気持ちは分かりますよ。この雨に打たれると体が冷えますものね」

と観右衛門が得心した。

「で、うちに暇（ひま）つぶしに来なさった」

「というわけでもないがね、高尾山の薬王院有喜寺に向かった久慈屋の一行は、いくらなんでも、高尾山についていていましょうな。なんぞ便りはございませんかえ。ひと騒ぎあって、酔いどれ親子が退治したなんて小ネタでもいいんだがね」

「旅のご一行からは一切便りはございませんでな。ということは元気な証と考える他はございますまい」

と観右衛門が虚言を弄した。

「大番頭さんよ、おれの面を見るといつもそういうよな」

「ならばどう答えれば空蔵さんは満足ですかな」

「と、問い返されても応じようがない」

と返事をした空蔵が手で顎を押さえ、

「北町奉行所がなんとなく妙なんだよ」

と話題を変えた。

「ほう、なにが妙でございますな」

「わっしはさ、先日よ、酔いどれ様が年番方与力の岩代様に宛てた書状と関わりがあると睨んでいるんだがね」

観右衛門は無言を貫いた。

「久慈屋はどちらかというと南町と昵懇だよな。北町の話はあまり入ってこない」

「まあ、仰るとおりここは数寄屋橋が近いこともあり、昔から出入りは呉服橋より数寄屋橋ですな」

「と思ったがさ、なんぞ小耳にはさんでないかと無駄は承知で雨んなか、わざわざ足を芝口橋まで伸ばしたってわけさ」

「なんですね、その言い方、押しつけがましうございますね。私はお前さんの手先ではございませんぞ」

観右衛門も暇を持て余して、空蔵の応対をしていた。そこへ女衆が盆に熱いお茶と豆大福を載せて、観右衛門ら久慈屋の番頭連と空蔵に運んできた。お鈴（すず）がまず空蔵に茶菓を供した。

「おお、お、おれは客扱いか」

「大番頭さんの貴重な時を邪魔しておられるようなんで、茶を供して早々に追い出しなされと、台所の女衆頭のおまつさんの命です」

「お鈴さんよ、確かにわっしは客じゃないよ。だけどさ、久慈屋とは永い付き合いなんだよ。そんな言い方ないじゃないか」

「あら、私の言葉ではございません。おまつさんがそう申されたのです。文句はおまつさんに直に言ってください」

お鈴の言葉にため息をついてみせた空蔵が、

「お鈴さんもすっかり久慈屋の女衆になったな。おまえさんの家は老中青山様の国許丹波篠山の老舗（しにせ）の旅籠だと聞いたが、おれみたいなゴキブリの出入りの扱いはなれているようだね」

と言いながら、茶碗に手を伸ばした。

「大番頭さん、自らゴキブリとお名乗りの空蔵様に先にお運びいたしまして、あとになりました」

　と帳場格子の中にも茶菓が次々に供された。そして、お鈴が、

「手代さん、小僧さん、交代で台所に行き、あちらで甘いものと茶を上がってください」

　とおやえからと思える言葉を伝えると小僧たちが歓声を上げた。

「で、北町がどうしたんですって」

　観右衛門が豆大福を頬張る空蔵に質した。

「なんだえ、北町の話に関心あるのかえ」

　豆大福を早々に食って、茶をすすった空蔵が問い返し、

「名は出せないが、ある同心一家の主が病死してよ、倅が本式に同心に就いたって話なんだよ」

　府中宿から知らせが届いた例の一件を北町では早々に始末したかと観右衛門は思ったが、

「役人様が隠居して嫡子があとを継ぐ、当たり前の話ですな」

　と知らぬ振りで返した。

「うん、それはそうなんだが、病死した同心の亡骸が八丁堀の屋敷にないって話

を小耳にはさんだのさ。そのうえ通夜もなし、弔いもなしだぜ、妙と思わないか」

「まあ、亡骸がなければ通夜も弔いもできませんな」

と応じて茶碗を帳場の板に置いた観右衛門が、

「八丁堀は、寺あって墓なしの土地柄ですよ。八丁堀とは離れた寺でひっそりと通夜、弔いを催したんではございませんかね」

うーむ、と応じた空蔵が、

「わっしもね、なんとなく同心一家をだれと察してはいるんだが、こいつは読売に書けそうにないやね」

老練な読売屋空蔵のことだ。北町奉行所の無役同心木津家だと察しているなと観右衛門は思った。

「八丁堀の関わりの読売は、捕り物で手柄を上げた一件や昇進などおめでたい事しか空蔵さんも扱えないでしょうな。嫡男が同心を継いだってことは書きませんか」

「そこなんだよ、厄介なのはさ」

「なにが厄介ですね」

「大番頭さんさ、つい最近までアサリ河岸の桃井道場の年少組にいた部屋住みの一人がさ、あるお店に奉公に出されたことは、おれも承知しているんだよ」

「ほうほう、そちらの関わりですか」

やはり空蔵は木津家の話をしていた。

「大番頭さんだからよ、くっ喋(ちゃべ)るけどよ、病死した同心の三男がアサリ河岸の桃井道場の年少組につい最近までいたんだよ。それがさ、屋敷から親父の同心の役服一式をそっと持ち出したうえに十手を差して芝居町に行き、ただ見をしようとして芝居小屋の若い衆に見つかり袋叩きにあったと思いねえ」

観右衛門はむろんこの話も承知していた。

「北町奉行の同心でもない部屋住みがしでかした行状は、むろん読売に書けないよな。この部屋住みが八丁堀を出されて、十手を表に持ち出した一件は不問に付された」

「ほうほう、それはどう転がっても読売には書けませんよ。駿太郎さんのお仲間ならば、駿太郎さんもこの話承知でしたかね」

「そりゃ承知だろうさ。ともかく部屋住みはどこぞのお店に奉公に出されて一件落着だ」

と空蔵は言ったが一件落着どころではない。

「奉公に出された部屋住みの三男坊の親父が病死してよ、通夜もなし弔いもなし、ないない尽くしだ。おかしくないか、大番頭さんよ」

さすがの空蔵も名前まで持ち出せなかった。

「空蔵さん、この一件、読売にするのは厄介ですな」

「まあな、最初から話が話だ、ネタにはなるまいと思ったがさ、読売屋ってのはよ、八丁堀の雑多な動きをさ、仕事にならずとも承知しておくのが大事なことなんだよ」

「この雨ですよ。しめっぽい話はなしにしましょうかね」

と観右衛門が応じるところに南町奉行所の近藤精兵衛(こんどうせいべえ)と難波橋(なにわばし)の秀次親分が久慈屋の店先で傘を畳んで空蔵を見た。

「おや、空蔵、久慈屋で仕事の手伝いかえ」

「近藤の旦那、大番頭さんがさ、なんとのう暇そうなんで、茶を付き合っていたんですよ。観右衛門さんのお相手は近藤の旦那と秀次親分に任せて、わっしは仕事に戻ります。大番頭さん、ご一統様、これにて失礼、ご馳走様でした」

最後は観右衛門に礼をいうと、さっさと小雨の中、「読売屋」と大書された番傘を差して出ていった。

「近藤様、親分、台所に通りませんか。あちらはこの季節だというのに火鉢に火が入っていますでな」

「大番頭さん、わっしらも空蔵の真似をして久慈屋の仕事の邪魔をしますかえ」

秀次が近藤を三和土廊下に誘い、観右衛門は筆頭番頭の東次郎に帳場を任せて店先から台所の板の間へと向かった。

ちょうど最後の手代と小僧が豆大福を食し終えて近藤と秀次に挨拶すると店に戻っていった。

「夏が始まったばかりというのに降ったりやんだりの雨ですな。こりゃ、高尾山のご一行も難儀していませんかえ」

秀次が火鉢の傍らに落ち着いていった。

「あちらも雨でしょうな」

と応じた観右衛門に、

「あちらから連絡はあったかえ」

と近藤が質した。

観右衛門がその問いに無言で頷いた。

「ということは府中宿の騒ぎは承知ということかな」

「はい」

観右衛門は空蔵との応対と違い、ただ返事だけで答えた。

「読売屋の話は、北町の一件ではありませんかえ」

と秀次が問うた。

「空蔵さんも昨日今日の読売屋ではございません。おそらくなにか気付いている様子ですが、この話は読売のネタにならないことを重々承知していますよ」

「だろうな。北町はぴりぴりしている」

と近藤定廻り同心が言い、

「こちらには昌右衛門の旦那から文が届いたのかな」

と話を観右衛門に振った。

「はい」

「赤目様からつなぎはなかったか」

「赤目様は事の経緯はうちの旦那様にお任せになったようで、こちらには文はございません」

「そうか、ないか」

と近藤がどことなく釈然としないという顔を見せた。

「ただし、おしんさんが今朝方、うちに見えました」

「なに、老中の女密偵が久慈屋にきたか」

と近藤が突然関心を示し、

「赤目小籐次様は老中青山様に直に書状を送ったか」

「いえ、おしんさんの話では老中に直にではなくおしんさんと中田新八様宛ての書状だったそうでございます。文を読んで老中に報告するかどうかは、おしんさん方の判断に任されたということでしょう」

と観右衛門が答えた。

しばし沈思した近藤が、

「町奉行所の評判を落とすことを避けるような書状であったかのう」

「さあてその辺り」

知らぬと観右衛門が言外に伝え、

「そうか、城中にて丹波篠山の老中と北町奉行が話し合いをなされた結果、北町の同心が即刻詰め腹を切らされたということか」

と推量を南町の定廻り同心が言い添えたが、

「近藤様、私ども、城中や奉行所内の動きは全く分かりません」

と観右衛門は重ねて否定した。

「だが、旅先から赤目様がわざわざおしんさん方に文を出したということは、主の老中に伝わることを見越してのことであろうが」

「でしょうな。なんぞございましたか」

「空蔵も未だ知らぬであろうが、ついさっき飛脚屋の飛一が商い停止（ちょうじ）を命じられた。こちらでも付き合いがあったそうな」

大坂の飛脚屋が江戸に向けて走らせる飛脚を三度飛脚と称し、町飛脚としては有名であった。一方江戸の飛脚屋は、当初瀬戸物屋とか八百屋とかが上方の飛脚屋の取次をしたのが始まりで、のちに飛脚屋専業となったのだ。

さりながら飛一は瀬戸物屋を営む傍ら薬王院有喜寺御用達として、江戸近郊の飛脚御用を承っていた。町飛脚としては特異な存在といえた。

「近藤様、うちではもはや飛一を使うことはございません」

「使いたくとも飛脚商いは停止（ちょうじ）になったのだ、もはや飛脚屋として許されることはあるまい」

近藤の言葉に観右衛門が大きく頷き、

「うちは元々別の飛脚屋が贔屓（ひいき）でしてな、飛一とは薬王院有喜寺のご指名で付き合いが始まりました、この数年前からのことでございますよ。薬王院以外、うちが飛一を使うことはございませんでした」

ときっぱりと答えた。

「大番頭、こたびの紙の納入は前々から決まっていたことか」

「はい、一年に一度は護摩札用の紙を始め、あれこれと御用を仰せつかっております」

「こたびの御用、赤目小籐次様が同行なされておるな。これは久慈屋、こちらの要望にて」

「いえ、薬王院有喜寺の貫首山際雲郭様からの『久慈屋と昵懇の赤目小籐次様にお目にかかりたい』とのご要望を赤目様に伝えますと快くお引き受けになられましてな、赤目様が駿太郎さんを同道したいと願われたことが発端で、ご存じのように桃井道場の年少組に、北町見習与力の岩代壮吾様も年少組の目付方として紙問屋の御用旅に加わることになり、うちとしてはなんとも恐縮でしてな、風変りにしてご大層な一行になりました」

「岩代壮吾どのは赤目小籐次に私淑しておるからのう、見習のうちに赤目様と旅がしたかったのであろう」

と察した近藤精兵衛だが、まさかこの岩代壮吾が木津留吉と流れ者の剣術家一味の由良玄蕃を斬り捨てたことは承知していなかった。

しばし間を置いた近藤が、

「観右衛門、こたびの紙の納入じゃが、紙、私物以外に運んだものはあるか」

「近藤様、これはお調べにございますか」

観右衛門が久慈屋出入りの南町奉行所定廻り同心に質した。

「大番頭、お調べがあるならば北町奉行所の与力か同心がそなたに問いただすとは思わぬか。調べであって調べではない。正直いうて、それがしの物好きといってもよかろう。なぜ紙問屋の久慈屋の紙納めの旅に赤目小籐次様が同行し、さらには関八州で押込み強盗の所業を働いてきた由良某なる一味が、久慈屋の紙納めの荷に目をつけたか、知りたいと思ってのことだ。考えてもみよ、護摩札を造る大八車に何台分もの紙を奪いとってどうする気か、だれもが訝しく思うだろうが」

うんうんと頷いて聞いていた観右衛門が、

「近藤様ゆえ申し上げますが、ここだけの話にしてくだされ。紙の他に七百両の金子が運ばれております」

とあっさりと告白した。

「七百両、赤目様はご存じか」

「いえ、少なくとも江戸を立つ時には、知らされてはおりませんでした」

「赤目様も知らぬことを由良某一味は承知していて付け狙ったか」

近藤同心は飛脚屋の飛一が早々に商い停止になり、この飛一に出入りの北町奉行所の無役同心木津与三吉が「病死」したことには、なんらかの関わりがあると思った。

「こたびの七百両の無心、薬王院有喜寺から飛一を経ての書状にて願われたのではないか」

「いかにもさようです」

「大番頭、薬王院有喜寺から借財の申し出がこれまであったか」

「いえ、私が知るかぎり一度たりともございません」

「昌右衛門はこの申し出を一人で受けたか」

「私には申されませんでしたが、この一件、隠居の五十六に相談したうえのことかと思います」

大きく頷いた近藤同心が、

「大番頭、そのほうがこたびの一件を振り返り、飛脚屋飛一とは手を切ったと申したが、なんぞ証があってのことか」

「いえ、確かなる証は持っておりませぬ。ですが、うちが七百両もの大金を薬王院有喜寺にお貸ししたのが漏れるとしたら、飛一しか考えられませぬ。旦那様の不在の折、私が決めたことに近藤様はご不審をお持ちですかな」

観右衛門は府中からの文において北町奉行所の同心の三男が由良玄蕃一味に加わっていたことを昌右衛門から知らされていた。だが、近藤は未だそのことは承知していないと観右衛門は確信した。

「話を聞いて得心したことがいくつかある。もはやそれがしの問いはない。昌右衛門、赤目様方の江戸戻りはいつになるな」

「近藤様、この雨次第にございますよ。赤目様がお戻りになればもう少し詳しいことが分かりましょう」

「いや、この一件、もはや北であれ南であれ、江戸町奉行所で論議されることはあるまい」

と老練な同心が言い切った。

同じ刻限、望外川荘に二人の客があった。

須崎村は川向こうの江戸とは異なり、雨が上がっていた。

初夏の光が濡れそぼった望外川荘の緑に差して爽やかな感じだった。

丹波篠山藩主にして老中青山下野守忠裕の密偵中田新八とおしんの二人だ。

御用船が船着き場につくと、小籐次の旧藩の創玄一郎太らに連れられたクロスケとシロが顔見知りの来訪に尻尾を振り、湧水池の岸辺を走り回って喜んだ。

「おしんさん、望外川荘は何事もなさそうじゃな」

「主親子が留守ゆえ案じましたが、赤目様の旧藩のお方がどうやら泊まり込んでおられる様子ですね」

とおしんが安堵の声を漏らした。

「おや、おしんさん、新八さん、主は留守でございますよ」

おりょうが二人に言った。

「はい、存じております」

「と、申されますと、なんぞ騒ぎがございましたか」

「おりょう様、酔いどれ小籐次様が向かわれる先で何事もないということがございましょうか」

とおしんが笑い、

「で、ございますね。楽しくなるような話なればよいのですが」

とおりょうが願った。

お梅が突然の来訪者に茶菓を供し、その場を下がり、おしんが府中宿の騒ぎをおりょうに告げた。

「そうですか、府中宿では、北町奉行所の見習与力どのと駿太郎が働きましたか」

「はい、二人が存分に働けたのは、後ろに赤目小籐次様が控えておられるからですよ」

「年寄りの出る幕ではございませんでしたか」

「いえ、私の勘では赤目様の出番はこれからと思いますがね」

とおしんが笑い、三人の話はそれから一刻ほど続いた。

第七章　菖蒲正宗紛失

一

高尾山の雨は降り続いていた。

翌朝、小籐次は琵琶滝に独り下りて、研ぎ場を設えた。研ぎ場に隣接して宿坊があった。大事な持ち物は次直くらいだが、岩代壮吾に貸し与えていた。となると菖蒲正宗の異名をもつ相州五郎正宗の懐剣だけが貴重な品だ。あれこれと宿坊を見回したあと、部屋の隅に積んである夜具に隠した。これで気楽になった。

琵琶滝の宿坊には滝に打たれる修験者や講中の信徒たちが泊まりにくるらしく、かつて小籐次が逗留したときより広くなり整備されていた。

薬王院から琵琶滝に降りてきた小籐次は、江戸から持参してきた砥石に、すでに琵琶滝の研ぎ場にある砥石を加えると岩代壮吾の新刀の研ぎは十分にできると踏んだ。むろん五郎正宗の懐剣も江戸で購ってきた砥石を使うと仕上研ぎまではできると思った。

折々琵琶滝の研ぎ場を利用する研ぎ師がいるらしく、小籐次が孫六兼元の手入れを行ったときより立派な研ぎ場に変わっていた。

小籐次は、研ぎ場を自分なりに清掃し、洗い桶に水を張ってこのところ使っていなかった下地研ぎの砥石類を桶の水に浸して、馴染ませた。

下地研ぎの砥石は、内曇砥、備水砥、大村砥、細名倉砥、中名倉砥、改正砥、伊予砥などいろいろとあるが、諸国の研ぎ師が琵琶滝の研ぎ場に持ち込み、手入れが終わったあと、研ぎ場に献納していたために多彩な砥石類が残されていた。

小籐次はまず岩代壮吾の刀の欠けを整え直すためにいくつかの種類の下地研ぎの砥石を選び、江戸から用意してきた真新しい褌に行衣を着こんで、琵琶滝に向かった。

初夏とはいえ、冷たい雨が降り続いているので滝壺の水は冷たかった。

小籐次の前に若い修験僧が滝に打たれて身を浄めていたが、年寄りの小籐次の滝修行に、

「ご老人、例年の夏より水が冷たい、注意なされてまずは短い刻限で引き揚げなされ。宿坊には湯船も設えてございますぞ」

小籐次を講中の信徒と見たか、親切にも注意してくれた。

「お言葉痛み入る。宿坊に滞在して研ぎ仕事をしたくてな。それにしてもこの夏の雨にはいささかうんざりしており申す」

「いかにもさよう。われら、慣れた者にもふだんとは違う気候でしてな、なんとも妙に冷たい水にござる」

と言い残して宿房へと上がっていった。

小籐次独りになった琵琶滝の下に入る前、合掌して滝を仰ぎ、ゆっくりと落ちてくる水に身を晒した。なんとも冷たく身を切るような強さで滝の流れが小籐次の老いた矮軀を打った。

小籐次は合掌しつつ、瞑目しつつ前回の滞在中に耳から覚えた般若心経を唱え始めた。

「かんじざいぼさつ　ぎょうじんはんにゃはらみたじ　しょうけんごうんかいくう……」

滝の水に打たれると、最初五体に痛みが走ったが、それが冷たさに変わり、般

若心経を唱えていくと痛みも冷たさも感じない、
「陶酔感」
に見舞われた。雑念を払い、
「無念無想」
の境地に達すると時の感覚も小籐次は忘れた。
不意に小籐次の隣に人の気配がした。
若い声が小籐次の読経に加わった。
「ふしょうふめつ　ふくふじょう
ふぞうふげん　ぜこくうちゅう」
と和する声は覚えがあった。
(うーむ)
と小籐次は凍てついた頭のなかで、見知った人間と推量した。
(昨日、そなたに助けられた。礼をいう)
読経をしながら無言裡に話しかけた。すると相手が、
(なあに、お節介を致したようで)
とこちらも無言で小籐次の言葉に応じてきた。

滝の音が響き渡る修行の場で実際の声を出すより、お互いの胸中の言葉を察し合ったほうが、容易く理解がついた。

(赤目様はあの者たちをご存じですかえ)

(襲われたときは知らなんだ。だが、今は正体を知らされて分かっておる)

(やはりただ用事もなく赤目小籐次様が薬王院に呼ばれたわけではなかったのでございますか)

(そういうことだ。そなた、やつらの塒は捜しあてたか)

山道の途次で何者かに弓で襲われたとき、太鼓を叩き、礫を放って小籐次の危機を救ってくれた人物——子次郎に問うた。

(赤目様、一日二日待ってはくれませんか)

野猿の群れを追い払い、正体の知れぬ射手が矢を放とうとするのを礫で邪魔をして、小籐次の危機を救ったのは、五郎正宗の懐剣の手入れを願った人物だった。子次郎と名乗った人物は、江戸からの久慈屋一行の道中に付かず離れず従っていた。となれば、姿を見せなかった射手のあとを追ったはずだが、雨の山中で尾行を撒かれて、塒までは突き止められなかったということではないか。

(客に仕事までさせてすまぬな)

(わっしの懐剣を護摩焚きで浄めてくださいましたな。手入れの準備ができたと考えてようございますか)

小籐次の礼には応ぜず、別の問いを返した。

(菖蒲造の懐剣を手掛ける前に一刀の手入れをなす。こちらは数日もあれば事がすもう)

(北町の見習与力どの、思い切った行いをなしましたな)

(同心一家を助けるためにその身内を斬る覚悟をあの場で咄嗟に決断した町方役人よ、ただ今のご時世に珍しくも腹の据わった若武者とみた)

(わっしはあまり会いたくないご仁ですがね)

ふっふっふふ

と合掌しながら声もなく笑った小籐次はふと尋ねる気になった。

(そなたの名、子次郎の曰くを改めて聞こうか)

(わっしも赤目小籐次様と同じ小ならばどれほどよかったか。親父が鼠好きでございましてね、干支頭の子を子と読ませて子次郎ってわけでございますよ)

小籐次は子年生まれゆえ子次郎にしたかと思い、この者、いくつになるのであろうか、と般若心経を唱えながら考えた。

（さあて、いくつでございましょうな）

　子次郎が小籐次の考えを察したように言った。

（客の身許や年齢がわかったところでなんの意味もないがのう）

（気になりますかえ）

（そなたではない、真の懐剣の持ち主の境遇にのう）

（さすがに赤目様だ）

（さすがにもなにもあるものか、研ぎ屋じじいのお節介よ）

　子次郎がちらりと小籐次の横顔を見て、

（薬王院の一件の目途が立った折、相談させてもらってようございますかえ）

　と無言の言葉を発した。

（わしがなんぞ役に立つとは思えんがのう）

（赤目小籐次様の弱みは、女衆でございましょう）

（そうとも言い切れぬ）

（わっしの命がかかっておりましてね）

（わしに研ぎを頼んだ折、手入れされた懐剣で止めを刺したい者がいるとかなんとか申さなかったか）

（ああでも言わないと赤目様が引き受けて下さらないんじゃないかとね、愚かにも考えたんでさ。まんざらいい加減な嘘話ではございませんでね）

（……）

（若い見習与力様は部屋住みだった同心の三男の命を絶ち、この騒ぎをうけて北町奉行所では親の同心に切腹を命じられたそうな。親子二人の命を絶って、北町奉行所の体面と同心の家系を守られました。そう仕向けたのは赤目様と、わっしは見ていますがね）

なぜか子次郎は、江戸の出来事を知っていた。とすると小籐次と府中の番役人の問答や書状の内容をそう推量して判断したか。

（ほう、親父どのは切腹を命じられたか）

（介錯をしたのは嫡男だと聞きましたぜ）

小籐次はしばし無言の会話を中断した。

子次郎は江戸との連絡（つなぎ）をつける方法を持っていると小籐次は思った。

（岩代壮吾も同心の嫡男も生涯重荷を負って生きねばならないか）

（へえ）

（子次郎とやら、わしに願った懐剣で娘ひとりを助けようと考えたか）

小籐次が不意に話柄を変えた。

(身分違いのわっしが大それたことを考えてしまいましてね、赤目小籐次様を巻き込む羽目になったようだ)

再び沈思した小籐次が、

(いったん引き受けた仕事は必ずやり遂げる。いつの日か、胸のうちを明かす気持ちになった折に、この赤目小籐次に真実を明かせ、それが研ぎ代じゃ)

不意に傍らから人の気配が消えた。

小籐次はしばし独りになって身を清める滝行を終えた。


宿坊に戻ると修験僧らが言葉もなく小籐次を迎えた。

「そなた様は半刻以上も独りで滝に打たれておいででした。われら修験者でもとてもできぬ修行にござる。琵琶滝は慣れておられるか」

どうやら子次郎の姿は修験僧たちには見えなかったようだ、そんな位置に子次郎は立っていたのだ。

「その昔、この宿坊に籠り、孫六兼元なる一剣の手入れをした折に琵琶滝に打たれて以来かのう」

若い修験者の頭分と思える修験僧が、

「もしやして、薬王院貫首に招かれた赤目小籐次様ではございませぬか」

と小籐次に質した。

「いかにも赤目小籐次にござる。霊山高尾山に年寄りじじいの虚名が知られておりますかな」

「ふっふっふふ」

と笑った修験僧の頭が、

「若い者たちが驚くのも無理はございませんな。天下一の武人の滝行です。われら、赤目様の行を見習います」

と応じてさらに小籐次に質した。

「こたびも研ぎをなさるようですな」

「そう考えて高尾山に参った」

小籐次の答えに頷いた修験僧の頭が、

「このところ高尾山一帯が妙な気に包まれておりますでな、赤目様にご注意申し上げる要もございますまいがお気をつけ下され」

と言うと修験僧たちは雨のなかを裏高尾回峰行に出ていった。すると宿坊の男

衆が、

「赤目様にございますな。滝に濡れた行衣を乾いた衣服に着換えてくだされ。山の上から着換えが届いておりますでな」

と小籐次に差し出した。

「あり難い。年寄りの冷や水というが、今年の夏は異な天候にござるな」

と言いながら小籐次は宿坊の隅で手拭いを使い、体を拭ったあと、研ぎにふさわしい作業着に換えた。

「おお、人心地が付き申した」

「朝餉(あさげ)の粥(かゆ)を食堂に用意してございます」

との男衆の案内で食堂に向かい、粥と香の物をゆっくりと馳走になった。

これで研ぎの仕度を終えた小籐次は研ぎ場に戻り、岩代壮吾の一剣の鞘を払い、目釘を抜き、さらに目貫などの、刀身が抜けぬようにするための留め具と柄(つか)、鍔(つば)と鎺を外して刀身だけにした。相模で鍛造された新刀で、銘は刻まれていなかった。

　岩代壮吾の父が嫡子に与えた刀は、質実剛健と表現したいほどの刀であった。刃渡は次直より二寸ほど長い二尺三寸余と見た。

「普段腰にこの業物(わざもの)を差しておるならば次直ではいささか軽かろうな」

小籐次は物打ちの傷を見て、手入れの手順を思案した。そして、この無銘の新刀が血に染まったのは、府中宿の騒ぎが初めてであったかと小籐次は判断した。

岩代壮吾が久慈屋の御用旅に加わったことで、この刀はふたりの命を絶ち、初めて血を吸ったことになる。そして、子次郎の言葉を信じるならば、江戸で留吉の父親が切腹し、その首を嫡男が落としたという。

壮吾が見習の二文字がとれて与力に昇進するのは、遠い先のことではあるまいと小籐次は思った。府中宿でのふたり、留吉と由良玄蕃の死は、留吉の実家木津家を救うため壮吾が肚をくくった結果と思った。だが、留吉の行動に関連して父親が切腹を命じられ、もうひとり命が絶たれたことになる。

江戸町奉行所の与力といえども、捕物出役で刀を振るうなどはそうあることではあるまい。壮吾のこの新刀がこれ以上血を吸うことになってはならぬ、それを念頭に手入れしようかと手順を決めた。

その翌日の昼過ぎに高尾山一帯に降り続いていた雨は上がり、光がさしてきた。だが、山道を薬王院有喜寺まで大八車六台分の紙を運び上げるには、ぬかるみが乾くまであと二日は待たねばなるまいと、小籐次は思った。

小籐次は黙々と岩代壮吾の刀の手入れをして時を過ごした。

なんとか研ぎを終えた七つ（午後四時）時分、薬王院に逗留していた国三が一人琵琶滝の研ぎ場に姿を見せた。

「昌右衛門さんは薬王院に残られたかな」

「はい、あちらで品物が運び上げられるのを待つそうにございます」

「それがよかろう」

と小籐次は国三に即答した。

国三はなにか尋ねようとする気配を見せたが、結局言葉にはしなかった。

薬王院有喜寺の山際雲郭と昌右衛門、それに小籐次の三人だけの内談の件だろうと小籐次は察した。七百両の金子の一件もあったし、山道を登ってくる折、正体の知れない連中に襲われてもいた。

ただの紙を納める御用旅でないことを国三は知っていた。だが、奉公人の立場でそのことを問うてはならぬと己に言い聞かせて、小籐次に尋ねることを止めたのだ。

「で、昌右衛門さんからこのわしになんぞ言付けがあるかな」

「山道の様子次第で明後日か、遅くとも明々後日までには薬王院にお納めしたいとのことでした。車力の連中を一日も早く江戸に戻したいと旦那様は考えておられるのです」

「当然の判断じゃな、承知した。されど八重助親方らもこの連日の雨では身動きつかなく苛立っておろう」

と応じた小籐次に国三が、

「私、薬王院麓別院にこれから下ります。赤目様、なんぞ駿太郎さん方に言付けはございますか」

幾たびも高尾山への御用旅を経験してきた国三は、琵琶滝から麓別院に下る沢沿いの道を承知していた。この刻限から行けば、まだ光が残る日没前に着くと思われた。

「子どもたちはこの雨に退屈しておろうな。岩代壮吾どのに文を認める時を貸してくれぬか」

と言った小籐次は宿坊から借り受けた筆と硯で壮吾に対して山道を荷運びする折の注意を諸々と認めた。むろん荷を無事に薬王院に運び上げるまとめ役は、昌右衛門が薬王院に残った今、国三の仕事だ。

小籐次は薬王院に降りかかった難儀を手短に書き、山登りにはくれぐれも気をつけるように注意を促したのだ。

「国三さんや、わしもその辺まで一緒に参ろう。なにしろ、一日研ぎ仕事をしていたでな、体を動かしておらぬで気分が晴れぬ。ちと足を動かしたい」

と国三に言い、壮吾に宛てた書状を国三に渡した。そして、小籐次は研ぎ上げた岩代壮吾の刀を腰に手挟む前に紙縒り(こより)で鍔(つば)と栗形(くりかた)を結んだ。

壮吾が刀を抜く折に考えるようにという戒(いまし)めの紙縒りだった。そして、手には山歩きの必携品の金剛杖を持って国三に従った。

「国三さんや、歳をとるとな、独り言をついもらす癖がついてな、聞き苦しかろうがわしがなにをいうても聞き流してくれぬか」

国三の返答には間があって、

「承知しました」

と言った。

琵琶滝の滝壺から流れる沢にそって歩いていきながら、小籐次は過日、雲郭貫首から打ち明けられた薬王院に降りかかる話を手短に告げた。

「赤目様、得心致しました」

「国三さんや、年寄りの独り言じゃぞ」

「さようでした」

流れの音が大きくなっていく。甲州道中の小仏(こぼとけ)峠から流れくる川と合流するためだ。

樹間に麓別院の茅葺(かやぶ)き屋根が見えてきた。

「よかろう、それがしはこれにて琵琶滝の宿坊に引き返す」

小籐次は連中が国三を襲うことはもはやあるまいと考えたのだ。

「お見送り有り難うございました。赤目様とご一緒でこれほど心強いことはございません」

と国三が言い、頷いた小籐次が腰から岩代壮吾の研ぎ上げたばかりの刀を抜くと、

「すまんが、この刀をな、壮吾さんに渡してくれぬか」

「赤目様が無腰になります」

「琵琶滝まではさほどないわ、それに金剛杖もあるでな、高尾山に巣くう輩は出てきてもなんとかなろう」

と応じて刀を国三に渡した。

「明日の朝にも赤目様の次直はお届けに上がります」

と国三が答えて麓別院へと下っていった。その姿が見えなくなるまで見送った小籐次は宿坊へと引き返し始めた。

二

琵琶滝の宿坊に戻った小籐次は、研ぎ場をちらりとみて、

「いじった者がおる」

と感じた。

長年、研ぎをなしてきた者には、どのように忙しくても片付けの作法がある。国三が突然姿を見せてから、小籐次は慌ただしく岩代壮吾に宛てて文を書き、研ぎ上げた壮吾の刀を手にして国三を送って行く前までに、洗い桶の水を捨て、砥石類を明日の作業に備えて片付けていたはずだ。道具類が小籐次の身についた置き方と微妙に異なっていた。

「何者かが動かした」

と思いつつ、小籐次のやり方に置き換えた。

その最中、

(まさか)

と思い、研ぎ場に隣接した宿坊に急ぎ向かった。わずかな持ち物があるばかりだが、こちらも部屋の隅の夜具が乱れていた。

小籐次の背に悪寒(おかん)が走った。

夜具を畳みなおしながら、子次郎から預かった相州五郎正宗の懐剣を夜具の間に探した。だが、菖蒲正宗は、懐剣は幾たび探してもなかった。

(しまった、やられた)

己の迂闊を悔いた。

小籐次は気持ちを鎮(しず)めて、なにが起こったか考えた。

どっかと腰を下ろし、考えに耽(ふけ)った。

五郎正宗の懐剣に一番関心を寄せる者は、客の子次郎であろう。だが、客が小籐次の部屋に忍び込み、懐剣を持ち去るなど考えられない。となると薬王院有喜寺に反旗を翻(ひるがえ)す一派の仕業かと思った。懐剣を盗んでいった連中は自(おの)ずと知れたと思った。

小籐次の気持ちがいくらか落ち着いた。

（さあて、どうしたものか）

と思案していると、研ぎ場に人の気配がして、行灯の灯りとともに琵琶滝の宿坊の男衆が姿を見せた。

「赤目様、最前留守にしておられましたな」

「おお、久慈屋の手代さんが麓の薬王院別院に下るというので、その辺りまで送っていって戻ったところだ」

「そうでしたか。赤目様に宛てた文を置いていかれたのは、手代さんでしょうかな」

「なに、わし宛ての文が届いておるか」

「へえ、これでございますよ」

未だ名も知らぬ男衆が書状を小籐次に差し出した。確かに宛名は、

「赤目小籐次」

とあったが、尋常の書状にあるべき敬称もなかった。むろん差出人の名もなかった。書きなれた字で達筆といえた。

「手代さんとは、あれこれと話しながら麓別院の見えるところまで送っていったのだ。書状を持参したのであれば、わしに手渡すはずではないかな。そなた、書

状を持参した者の姿を見ていないのだな」

「見ておりません、ふと気づくと文が食堂の上がり框に」

「置かれてあったか」

「へえ、雨が降り続いたせいで修験者とか修行僧が数人宿坊におられるばかりで、講中のお方はおられません。だれがいつ、この文を食堂に置いていったか、全くわっしは気がつきませんで」

と小籐次の険しい気配を男衆は気にかけた。

「読めばだれが差出人か分かろう」

と答えたが、もはや小籐次は差出人に推量をつけていた。書状を受け取った小籐次は行灯の灯りの下で書状を披いた。

「赤目小籐次に通告す。

紙問屋久慈屋の用心棒を辞し早々に高尾山薬王院有喜寺から江戸に戻るべし。

忠言に背く場合は、久慈屋昌右衛門の命をもらい受ける。

そのほうが高尾山を離れるのは明朝、決して高尾山に戻ってきてはならぬ。

薬王院貫首の山際雲郭がそのほうになにを願ったか知らぬが、この一件薬王院有喜寺に関わる内々の話なり。江戸の紙問屋の主や、その後見方を名乗る用心棒赤目小籐次が関わる話に非ず。

われらの話を蔑ろにするならば、琵琶滝の研ぎ場にて手入れするはずの懐剣はもはやそなたの手に戻ることはなし。こちらの意に従えば懐剣は久慈屋昌右衛門の手に戻す。

以上通告いたす。


薬王院有喜寺有志一統」


小籐次は二度ほど読んで、薬王院に滞在していた国三が赤目小籐次に会うために琵琶滝に立ち寄ることを知った何者かが国三を尾行し、小籐次のいる研ぎ場を探りあてた、さらに宿坊を漁ったあと、子次郎から研ぎを頼まれた懐剣、菖蒲正宗こと五郎正宗を見つけて持ち去ったと推量した。

この者は山際雲郭の周辺にいて「味方面」をしているのか。あるいは反山際雲郭一派の者か。

（さてどうしたものか）

気持ちを鎮めた小籐次は沈思し、身につけていた鼠の木彫りの根付を研ぎ場の空にしていた洗い桶の縁に垂らした。

もはや琵琶滝には深い闇が広がっていた。だが、常夜灯が研ぎ場に微かな灯りを投げていた。

小籐次は昨夕と同じように食堂に行き、夕餉を願った。

雨が降り続いたせいで講中の泊まり客はいなかった。

最前書状を渡した男衆が、

「文の差出人は分かりましたかな」

と尋ねた。

「察することはできた。とはいえ何者か名指しはできぬがな」

「赤目様よ、わしは小仏近くの杣の倅でよ、読み書きはできねえな。だがよ、この文字どこかで見た覚えがある。名指しまではできないがね」

「ほう、見たことのある字か。もし思い出したらわしに教えてくれぬか」

承知したと応じた男衆が、

「赤目様、酒をつけようか」

と聞いてくれた。

「研ぎ仕事をする間は酒を遠ざけておる」

「酔いどれ小籐次の異名をもつ赤目様が一日の終わりに少々の酒を飲んでも罰はあたるめえ。一日研ぎ仕事をせっせとこなしたんだ、高尾山の琵琶滝の水音を聞きながら、ちいと酒を嗜(たしな)むのも悪くはあるまい」

男衆は薬王院から、

「酔いどれ様に酒は絶やさぬように」

と命じられているのか、夕餉の膳の傍らに酒を供してくれた。

「ううん、酒の香りをかぐとつい手が伸びるな。言葉に甘えて頂戴しよう」

「それがいいんだよ、『酒なくてなんの己が桜かな』、いや、桜ではなくて紅葉だったかのう、そんな戯言を江戸からきた講中の信徒に聞かされたがのう。雨も止んだし、ゆるゆると酒を楽しみなされ」

夏だというのに囲炉裏の薪が燃える傍らで小籐次は二合の酒をゆっくりと楽しみ、夕餉を終えて、

「明日も研ぎを致すでな、今宵は滝の音を子守り歌代わりに早々に床につこう」

と礼を男衆に述べると、食堂から研ぎ場の傍らの部屋に戻った。すると子次郎が部屋の隅にひっそりと控えていた。

「研ぎ場の洗い桶の鼠を見て来られたか」

へえ、と答えた子次郎の表情が硬かった。

「子次郎どの、そなたに詫びねばならぬ、しくじりを犯してしもうた。もはやなにが起こったか承知じゃな」

子次郎が頷いた。

「そなたには申し訳ないことをした。詫びてもなんの役にも立つまいが、赤目小籐次、客からの預かりものを失くしたのは初めてじゃ。命に代えても取り戻すで、しばし時を貸してくれぬか」

「赤目様、盗んでいった相手の見当はついておりますよ」

「ほう、薬王院に関わるもめ事の一味かな、その塒が分かったかな」

「へえ、一味の隠れ家は琵琶滝の裏山の、こちらも修験者が滝行をなす蛇瀧付近の山家と見当がついております」

「ならば懐剣を盗んだものは蛇瀧の山家に持ち帰ったであろうか」

「なんとなくですが、薬王院有喜寺に持ち込んだのではないかと最前から推量していますがね。赤目様が手代さんを送っていったのは夕暮れ前、懐剣を持ち出した野郎は、暗い山道を蛇瀧まで行きますまい。赤目様を困らすか、脅そうとしてのこと、懐剣をどう使うか、明日になって動くとみましたがね」

「子次郎どの、わしが久慈屋一行に従い、高尾山に来ることになった曰くをそなたに告げるときがきたようだな。話はそう長くなるまい」

と前置きした小籐次は、薬王院有喜寺を訪れた雨の日、当代貫首山際雲郭から聞かされた話を告げることにした。

「わしが前回薬王院に参った折は、貫首は山際宗達と申された。当代の叔父にあたられるお方だ。その折、当代は京の醍醐寺に修行に参られていたで、わしはお会いしておらぬ。十年余の修行ののち高尾山に戻られた甥の雲郭様に薬王院有喜寺の貫首を継がせることを宗達様は僧侶一同に告げられたそうな。大半の僧侶は宗達様の考えを支持し、雲郭様の人柄と見識を承知ゆえ賛意を示されたそうだ。ところが宗達様には若いころ、信徒の娘と懇ろになった出来事があってな、子をひとり生していたそうな。それが」

「八王子の養蚕・絹地問屋、万時屋悠楽斎を名乗る人物ではございませんかえ」

「こちらも承知か」

「へえ、悠楽斎は八王子の絹を扱う商人だそうですが商いがうまくいかず、賭場を開いて生計を立ててきたそうな。周りには剣術家や無頼のやくざ者を集めて、悪事のひととおりはやってきたようですね。この悠楽斎に壱行という嫡子がおりましてな、雲郭様が京に修行に出た時分に宗達様に願って薬王院有喜寺の修行僧として入門させたのでございますよ。宗達様は隠し子の万時屋の頼みを断り切れず受け入れたのが、こたびの厄介の原因(もと)でしょうな。悠楽斎には遠大な企てがあったのですよ。倅の壱行を宗達様の跡継ぎにと折に触れて強請(ゆす)ってきた。そんな折、京の修行を終えた雲郭様が戻ってこられて、宗達様は檀家や講中に諮(はか)り、雲郭様を跡継ぎに決めて身罷られた。一方、悠楽斎としては倅の壱行がこの山の貫首につけば、好き放題ができると踏んでいたのが当てが外れた」

「子次郎どの、先代宗達の晩年は、悠楽斎に絞りとられることしばしば、かくて霊山高尾山薬王院有喜寺は、長年蓄えてきた金子を何千両も絞りとられながら、雲郭が戻ってくるまではと頑張ってこられたそうな、万時屋一味に薬王院の忠義の僧侶を三人ほど殺されてもいた。宗達様が死の間際にな、いよいよ困った折は、江戸の紙問屋久慈屋を通じて赤目小籐次を薬王院に呼んで相談せよと甥御雲郭様に遺言をなさったそうな」

と雲郭が昌右衛門と小籐次に告げた以上の話をした。

「赤目様、ただ今の薬王院では壱行一派が専断しているようですね。こたびこの宿坊に入り込んだのも壱行僧侶頭自身か、その一派の者ではございませんかな」

「あの懐剣の曰くを知られる前に取り返さねばなるまいな」

「さあて、どうした手を打ちますかえ、赤目様」

「万時屋悠楽斎はどこにおるのじゃな」

「へえ、万時屋自身は八王子横山宿に居を構えておりますんで、薬王院の乗っ取り騒ぎは倅の壱行が蛇瀧の山家の連中を使い取り仕切っておりましてな。過日の赤目様方への襲撃もこやつらですよ」

「久慈屋の荷を薬王院に上げるまで日にちもない、それまでに懐剣を取り戻したい」

「最前も申しましたが、未だ懐剣は薬王院のどこぞに隠されておると見ました」

「さあてどうしたものか」

「相手方は赤目小籐次様が薬王院から立ち去り、江戸に戻ることを強制しております。赤目様はその言葉に従い、明朝この琵琶滝の研ぎ場から江戸にお戻りになりませぬか」

子次郎が言い、

「相手のいうことを聞いて、出方を見よというか」

と小籐次が質した。

「へえ」

久慈屋の荷納めを見届けることなく江戸に戻るなどできようか。それに岩代壮吾や桃井道場の年少組がこたびの荷揚げには参加していた。小籐次の迷いを読んだように子次郎が、

「相手方は、岩代見習与力も駿太郎さん方にもなにも触れていませんや、まだ子どもと思うてなめてかかっていやがる。年少組には、岩代さんに駿太郎さんがついておられるのでございますよ。明後日の薬王院への紙納めは車力の連中と桃井道場の子どもたちに任してはいかがですかえ」

「そなた、わしが高尾山を立ち去れば、相手は油断すると申すか」

「へえ。明朝、この研ぎ場を畳んで江戸へお戻りなされ」

と子次郎が言い募った。

「わしは久慈屋にも義理があれば、薬王院の先代貫首宗達様にも世話になった。そのうえ、そなたに預かった五郎正宗の懐剣を盗まれる失態を演じておる」

「やはり高尾山を下りることはできませんかえ。それしか相手方が油断する策はございませんがな」

と子次郎が言い、

「わっしの言葉を信じてくれませんか」

「ひと目見れば、わしと生き方が合うかどうかくらいは察することができる。それとあの懐剣が気になってな、預かったのだ」

「赤目様、わっしの申すことを、こたびだけは聞いちゃくれませんか」

しばし沈思した小籐次が頷いた。

子次郎と小籐次の話はそれから小半刻（三十分）続いた。

「そなたの話、相分かった。それがし、やはり江戸に向かおう」

と小籐次が言い切った。


翌朝、国三が青い顔をして研ぎ場を訪れた。

「赤目様はどちらに」

と尋ねる国三に男衆が琵琶滝で行衣を着て水に打たれる男を差した。若い男で、どこかで見かけた姿だった。

二人の問答を察した男が滝から上がってきて、

「おまえさんは久慈屋の手代さんだったたな」

と言う声に国三は、その男が錦の古裂に入った懐剣の手入れを小籐次に願った男だと気付いた。

「赤目様はどうなされました」

「へえ、急の用事でね、江戸に戻られましたぜ」

「えっ、江戸に戻られたのですか、そんなことが」

「ありませんかえ」

「だって駿太郎さんも桃井道場の年少組の門弟衆も麓の別院に残っておられるのですよ。赤目様ひとりが江戸に戻るなんておかしゅうございます」

「おお、そうだ、忘れておりました。赤目様から預かった久慈屋の旦那昌右衛門さんへの文ですよ」

と滝のかたわらの岩場に置いていた書状を差し出した。

国三は表書きを見て確かに赤目小籐次の書体と分かった。

「この文を旦那様に渡せばよいのですね」

「いかにもさよう」

と応じた男が、

「おまえさんの用事とはなんだえ」

と反問した。

「おお、それですよ。赤目様の刀の次直が麓別院の岩代壮吾様方の部屋から消えてなくなったんです」

「おお、そのことか」

と平然と応じた子次郎が、

「手代さん、赤目様が研いだ岩代壮吾さんの刀はどうしなさったえ」

「岩代様の刀は確かにお返ししました。岩代様が、『わが腰に次直があったのはたったの三日であったか』と嘆いておられました。今は、次直がなくなったことに皆さんが大騒ぎして探しておられます」

「それならば気にしないでくれと駿太郎さんや岩代様に告げてくれないかね。急用で江戸に戻ることになった赤目様が密かに部屋に入られて、次直を持ち出していかれたんですよ。赤目小籐次様と愛刀備中次直は常に一体でございますからな、手代さん」

と何者か正体の知れぬ人物が平然といった。

この眼前の人物が赤目小籐次に懐剣の研ぎを頼みにきたことを国三は承知していた。つい最近のことだ。この若いのか、それなりの歳なのか判断のつかない人物は、小籐次と親密な間柄であるかのように言った。

「私はどうすればよいのです」

「薬王院の昌右衛門様にわっしが話したことを告げて、文を渡しなされ。手代さんよ、まずはわっしの濡れた行衣を着換えさせてくだせえ。夏とはいえ、夜明け前の水は冷とうございましてな」

というと宿坊の奥へと姿を消した。

国三は小籐次の認めたという文を手に、どうしていいか分からず茫然としていた。

三

隅田川左岸の須崎村は、朝から雲一つない快晴、夏の暑さが戻ってきた。

おりょうは、小籐次と駿太郎の二人が留守をしている寂しさを感じながら、秋の景色を思い出していた。

久慈屋の隠居夫婦の暮らす春立庵(はるたちあん)の床の間に飾る掛け軸、「秋模様」を描くことを頼まれていたからだ。

小籐次と駿太郎が戻ってくれば、多忙な日々になろう。二人が望外川荘にいない間に秋景色を描いておこうと漠と思っていた。秋は落葉樹の葉が色づく時節だ。なんといっても紅葉が有名だが、桜紅葉もあれば柿紅葉もすてがたい。なんぞ違った紅葉はないか、と夏の陽射しが戻った望外川荘の庭を見回した。すると茶室の不酔庵の陰から石榴の枝が覗いてみえた。石榴の花は夏の季の詞とされていた。

おりょうは沓脱石の下駄を履いて庭に出た。

お梅が洗濯を終えたか、縁側に姿を見せて、

「おりょう様、庭がぬかるんではいませんか。あの長雨は梅雨の前触れだったのでしょうか」

と声をかけてきた。

「もはや庭はぬかるんでおりませんよ」
と答えるところにクロスケとシロが飛んできた。

クロスケは枯れ枝を口に咥え、シロがそれを奪いとろうとしてじゃれ合っていた。犬たちも長雨にうんざりしていたのだろう。雨が上がった庭で走り回って遊んでいた。そのことでおりょうの寂しさを慰めようとしていたのだ。犬は飼い主

の気持ちを感じることができる動物だった。

「元気のよいこと」

と言いながら不酔庵の傍らにいくと、紅色の実が割れかけて、まるで貴石のように輝く種子が夏の光をうけて煌めいているのが見えた。

花石榴は夏の季だが、柘榴の実は秋と考えられていた。

おりょうは泉水の水を背景にした石榴の実を描いてみようかと思いついた。茶室の戸をあけて風を入れていると、クロスケとシロが、

「わんわん」

と吠えながら船着き場へ向かう竹林の道に飛んでいった。

知り合いが訪れたときの吠え方だ、とおりょうも不酔庵を出て、二匹の飼い犬のあとに従った。

船着き場に出てみると、おやえと正一郎・お浩の親子に五十六とお楽の隠居夫婦が久慈屋の荷運び頭の喜多造ともう一人若い衆の助船頭が操る屋根船でのんびりと姿を見せていた。

「どうなされました、ご隠居様」

おりょうがまだ船着き場には十数間ほどある屋根船へ問うた。

「いえね、赤目様と駿太郎さんにうちの仕事で留守をおさせ申し、おりょう様が寂しいのではないかと、お父つぁんとおっ母さんがお店にきて、望外川荘を訪ねておりょう様を慰めたいと私を急かせるのです。年寄りになるとこらえ性がなくなり、せっかちになりまして、おりょう様にかように迷惑をお掛け申します」

とおやえが困惑の体で言い訳した。

「それはそれは、ご隠居様方にはお心遣いいただき、恐縮です」

「おりょう様、心遣いもなにも隠居所暮らしに飽きて、望外川荘を訪ねておりょう様の仕事の邪魔をしようという魂胆ですよ」

娘が実父実母の胸のうちを明かした。

「どんな魂胆であれ、訪ね人が参られるのはうれしゅうございます」

とおりょうが答え、喜多造と若い衆が慣れた櫓さばきで船を船着き場に寄せてきた。

「おりょう様、正直申して次の芽柳派の集いが待ちきれなくて、ばあ様と娘にせがみ、須崎村に参らせてもらいました。いえね、おりょう様がお寂しいのではと思うておりましたが、二匹の犬たちがなんとも賑やかに歓迎してくれまして安心いたしましたぞ」

と五十六が言った。

「五十六様、お楽様、未だ秋の宿題に手をつけておりません」

隠居所の床の間の掛け軸の催促かと思い、おりょうも言い訳した。

「それですよ。おりょう様にお願いするばかりで、いささか心苦しゅうございましてな、どうです、これから女衆のお梅さんも一緒に、暑気払いに船遊びを致しませぬかな。なんぞ、いい考えが思いつくかもしれませんでな」

と五十六がもらし、

「おりょう様、隠居したら少しは落ち着くかと思ったら、なんとおりょう様を船遊びにお誘いすると、いきなり言い出したのでございますよ」

とおやえが慌ただしい誘いの内幕を告げた。

「おお、なんとうれしいお誘いですこと、私とお梅の二人でようございますか」

とおりょうが快諾し、

「着換える時を少しお貸しくだされ」

と願った。

屋根船が隅田川に出たとき、お梅が、

「お鈴さんはお店で留守番ですか」

とだれとはなしに尋ねた。

「それですよ。私もお鈴を誘いましたがな、『私はひと月に一度お夕さんといっしょに望外川荘に泊まることを許されています。江戸の奉公人は篠山とは違い正月とお盆の二度の藪入りと呼ぶ実家帰りが習わしですし、私は過分な扱いをふだんから受けている身です。どうか、本日は三代のお身内で参られてください』と断わられましてな」

と五十六が言い、

「お鈴さんも久慈屋さんの暮らしに慣れたのかしら」

とお梅が呟いた。その顔をおやえが見て、微笑み、

「おりょう様、私どもが船に乗ろうとしたとき、難波橋の秀次親分が見えて、お父つぁんに挨拶するついでに妙な話をしてくれました」

と話柄を変えた。

「妙な話ですと」

喜多造が主船頭の屋根船は障子が開けられ、川風が入ってきてなんとも涼しかった。屋根船は須崎村から上流に向かってゆっくりと漕ぎ上がっていた。

「おお、そうだ。私も初めて聞きましたよ」

五十六がおやえに代わって答え、おりょうに質した。

「おりょう様は、裏長屋に一朱とか一分を夜中に投げ込んでいく奇特なご仁がいることをお聞きになったことがございますかな」

「ああ、なんでも本所深川近辺の裏長屋にそのような方がしばしば訪れるとか、弘福寺の瑞願和尚から聞かされました」

「私はこたびの一件を聞かされて初めて知りました。なんと難波橋の親分の近くの米屋の裏店に一両を放り込んでいったご仁がおるそうでしてな、近ごろではこの人物が義賊ではないかとの噂があるそうです」

「まあ、久慈屋さんの近所にでございますか。どなたか見ていたのでしょうか」

「おりょう様、それが違いますんで。この裏店の住人石工の耕造って男衆ですがな、半月ほど前に普請場で落ちてきた石で足を怪我してしまって仕事に出られないんだそうです。それで大家にも店賃を払えない、米味噌も買えないって暮らしに困っていたことは確かなんですよ。ところがね、この耕造さん、なかなか漢気のある職人でしてね、その一両を持って杖にすがって難波橋の秀次親分の家を訪ね、『親分、わっし一家が銭に困っていることは確かだ。だがな、得体のしれない野郎から銭をめぐんでもらいたいなんてだれにも頼んだ覚えはねえ。暮らしが行き詰まったのならば、一家で堀に飛び込んで死んでやる。この一両、その野郎に叩き返してくんな』と啖呵を切って親分に渡していったそうですよ」

「あらまあ、石工の耕造さん、なかなかの人物ですね」

「はい、秀次親分がいうには、耕造さんは腕のいい石工だそうで、親方も休んでいる間は、なにがしかの金子を渡していなさるそうなんで。義賊もえらいところに一両を投げ込みましたよ」

　五十六が秀次親分から聞いた話をいささか大仰におりょうに語ってくれた。

「空蔵さんが知ったら、直ぐに読売にするのではありませんか」

「かもしれませんが、耕造さんの気性なら『おれんちの恥を読売にするってか』

とそれこそ空蔵さんを御堀に投げ込むんじゃありませんかな」

　と五十六が推量を交えて義賊のしくじり話を締めくくった。

　屋根船は初夏の陽射しのした、鐘ヶ淵付近まで遡上していた。船のなかには昼ごはんや酒まで用意されて、お楽が皆の前に野菜の煮つけや白和えなど酒の菜を並べ始めた。おりょうはなんとも楽しい半日になりそうだと、微笑んだ。

そんな刻限、赤目小籐次は横山宿で、表看板に、

「高尾山薬王院有喜寺御用達　養蚕絹物扱い万時屋」

とある店先に立っていた。

店は商いをしている風は感じられず、妙に森閑としていた。

破れ笠に竹トンボを二本差した小籐次は、陽射しのなかから無人の土間にはいり、

「ご免くだされ、どなたかおられぬか」

と奥へ声をかけた。すると、

「三公、玄関番をしていろと命じただろうが」

と兄貴分と思しき男の叱る声がした。

「兄さん、腹が減ったんだ、昼餉くらい食わせてくんな。今夜もまた夜明かし仕事だろ」

と言い訳する三公が奥から姿を見せた。まだその手に茶碗と箸をもっていた。

「なんだ、じじい、うちは昼の商いはしてねえんだよ。それとも道を聞きにきたのか」

と三公が小籐次に質した。

「そうではない。主の万時屋悠楽斎に会いたいのだ」

「な、なに、じじい、うちの親分を呼び捨てにしやがったな。八王子十五宿を縄張りにする親分様だぞ」

「そうらしいのう。この前を通りかかったゆえ挨拶をと思いついたのだ。まあ、そんなわけだ、悠楽斎に取り次いでくれぬか」

と小籐次が大人しく願うと、

「だれでえ、礼儀も知らねえ野郎は」

と三公に続いて兄貴分が現れた。賭場の代貸でもしているのか、権柄ずくの嫌味な顔をしていた。懐には匕首を忍ばせている手合いだ。

「三公、だれだ、この小汚ねえじじいは」

「親分に挨拶してえと抜かすんだ。それも呼び捨てだぞ、兄さん」

兄さんと呼ばれた男が小籐次を睨み据えて、

「甲州あたりの食い詰めじじいか。親分と昔馴染みてんで路銀でもたかりにきたか、ものを知らねえにもほどがあるな。一体全体おめえ、何者だ」

と言い放った。

「小銭を借りにきたのではない。わしは赤目小籐次という者だ」

「あ、赤目小籐次だと。江戸で評判の酔いどれ小籐次と同じ名か」

「いや、わしは酔いどれ小籐次当人である。悠楽斎に取り次げばわかろう」

と小籐次の返事に兄貴分が三公に顎で命じた。

「おい、じいさんよ、うちの親分となんぞ縁があるのか」

その場に残った兄貴分が小籐次に質した。小籐次はそれに答えず、

「兄さんの名はなんだ」

「妙錬寺の賭場を仕切る代貸の綱五郎だ」

「綱五郎か、表看板の養蚕・絹物はもはやだましの看板であるか、一切まともな商いはしておらぬようだな。夜の賭場が稼ぎかな」

と小籐次が綱五郎に問うところに浪人剣客を従えた万時屋悠楽斎が悠然と姿を見せた。

「このじじいがおれと会いたいと抜かすか」

「へえ、親分、赤目小籐次と名乗っていますがね、どこの馬の骨だか、大かた路銀をせびりにきたじじいじゃございませんかえ。先生方が出る幕はなさそうだ」

と綱五郎が悠楽斎に言った。

悠楽斎が小籐次をじいっとすがめて、顔を横にふり、

「いや、こやつは本物の赤目小籐次だ」

と言い切った。どうやら悠楽斎はどこかで小籐次を見かけたことがあるようだ。

「えっ、こんな小ぎたねえ年寄りがあの赤目小籐次ですかえ」

「綱五郎、あんまり大口を叩かぬほうがいい、首が飛ぶぞ」

と代貸に注意した悠楽斎が、

「赤目小籐次、この悠楽斎になんの用事だ」

と質した。

「そなた、薬王院有喜寺の先代山際宗達様の血筋じゃそうな」

小籐次はいきなり相手の秘密を告げた。

「ほう、さようなことをだれに聞いた」

「その昔、宗達様に世話になったでな」

小籐次の返答に悠楽斎がしばし沈思した。

「で、赤目小籐次が何用だ」

「わしの大事な客からの預かりものがそのほうの倅の手にあるのは分かっておる。倅はわしに高尾山から去り、江戸に戻れという。ならば預かりものは久慈屋の旦那に返すというのだ。久慈屋の御用も大事じゃが、本業の研ぎ仕事も大切でな。

わしが江戸に去んでことが済むならばと、こうして江戸に向かっておるところよ。偶さか万時屋の看板を見かけたでな、挨拶に立ち寄ったのだ、なんぞ差しさわりがあるかな」

ふーん

と鼻で返事をした悠楽斎が、

「わしが聞かされた赤目小籐次は、そう容易く人の言葉を聞くじじいではなかったようだがな」

「悠楽斎、そのほうもわしとおつかつの歳であろう。五十路を過ぎると何事にも抗うのがつろうてな」

「素直にわしの倅の命を聞いたというか」

「いかぬか」

「信じられぬな」

「ならばどうせよというか」

と応じた小籐次が、

「おお、そうじゃ、そなたの手下をひとりわしにつけぬか。江戸まで従ってくればわしの言葉が信じられよう。代貸の綱五郎なんぞをわしの従者にどうだ」

「綱五郎を従者だと、こいつはあれこれと仕事がある。どうだ、三公では」

「あの腹っ減らしか。うーん、旅のめし代がかさみそうな。まあ、致し方あるまい」

小籐次がいやいやという表情で返答をして、三公を見た。未だその手には茶碗と箸があった。

「親分、お、おれがこのじじいと江戸にいくのか。江戸は一度くらい訪ねてみてえが、このじじいと一緒ではな、気がのらないな。それに旅仕度もしなくちゃなるめえ」

「旅仕度だと、江戸なんて一晩どまりで着く、仕度なんぞいるものか。手の茶碗と箸をおいて赤目小籐次に従え」

悠楽斎の命に三公が茶碗と箸を床に置いた。

「三公、そなたの名はなんだ」

「名だと、三公とか三の字がおれの名だ」

「いささか頼りないが致し方ないか。わしと三公は江戸に向かう。それでよいな」

と小籐次が応じて背中を向けた瞬間、用心棒の浪人剣客が気配を消して裸足で土間に飛び下りながら、一気に刀を抜くと小籐次の背中に斬りつけた。

「わ、わわあっ」

と三公が悲鳴を上げ、小籐次がその前に土間に転がり、次の瞬間には立ち上がって次直の鍔元に左手をおいて相手を睨んだ。

「そのほう、人を殺したことが一度や二度ではあるまいな。名はなんじゃ、名無しで三途の川を渡るのも寂しかろう」

「修羅場を潜って覚えた剣術、安房一刀流佐武村陣左衛門信由」

「ご大層な流儀も名もそのほうのつくりものか」

「抜かせ」

と言った佐武村が刀を八双に構え直した。

小籐次は次直をゆっくりと抜くと脇構えにおいた。

間合いは一間余か。

悠楽斎らが、ごくりと唾を飲み込む音が土間に響いた。

その直後、佐武村陣左衛門が踏み込みながら五尺そこそこの小籐次の肩口に刀を振り下ろした。

小籐次は相手の動きを見つつ、土間に転がっていた下駄を蹴り飛ばした。すると予期せぬ動きに佐武村が下駄を避けて、小籐次から一瞬眼をそらした。

小籐次の右手が腹前を奔り、一気に備中次直を抜き放つと、相手の左手に身を流しながら刃を振るった。

うっ

と呻いて立ち竦んだ佐武村が前のめりに崩れ落ちた。

「来島水軍流流れ胴斬り」

と小籐次の口からもれて、視線と次直の切っ先が悠楽斎に向けられた。

「わしは約定どおり江戸に向かう、三公を連れてな」

悠楽斎ががくがくと顔を縦に振った。

「倅の壱行に告げよ。わしが客に預かった品を薬王院におられる久慈屋の昌右衛門どのに差し出せ。約定を守らぬ折は、そなたら、親子の首は飛ぶと思え。そなたの望みは、当代の山際雲郭貫首を辞させ、倅の壱行を貫首につけることのようだな」

「そ、そなた、さようなことまで」

「おお、承知じゃ」

「わ、わしの父は宗達じゃぞ」

「宗達様が若い折、犯した過ちはそなたをみれば分かる。じゃが、悠楽斎、倅の壱行は高尾山薬王院有喜寺の跡継ぎにはなれぬ。講中の方々がお許しになるまい」

「……」

「そなたら親子の次なる企ては、この横山宿に数多の女郎をおき、賭場を設けて、江戸を始め関八州や甲斐、信濃からくる講中の信徒らを参詣のあとに呼びこんで懐の金子をふんだくる算段とみた。わしは寺の跡目争いなどには関わりとうはない。じゃが、わしの願い、客に預かった品の返却を拒めば、こやつ同様に三途の川を渡ることになる、と倅に伝えよ」

と小籐次が言い放ち、

「三公、参るぞ」

と真っ青な顔で固まったままの三下奴に呼びかけた。

四

江戸アサリ河岸の鏡心明智流桃井道場にふらりと一人の武士が入ってきた。

見所にいた春蔵は、その者が十日余も前、道場を訪れた人物だと気づいた。入門を希望し春蔵と立ち合いをなしたが、双方一合の打ち合いもせず、春蔵のほう

から、

「そなたの技量ではうち如き道場では満足すまい。他の道場を当たられたらどうか」

と言った。その折、名も告げぬ入門希望者は、

「それがし、当道場に稽古に通いたい」

と言い残して、静かに立ち去ったのであった。改めて見ると歳は三十前後かと思われた。剣術家としていちばんあぶらが乗り切った年齢だ。

「おお、参られたか。過日のご仁じゃな」

と道場主の桃井春蔵のほうから声をかけた。

「桃井先生、今日はえらく静かでございますな」

と道場を見回した。

数人の門弟が稽古をしていたが、二度目の訪問者に気付き、稽古を止めて師匠との問答に耳を傾けた。

「最前までそれなりの人数で稽古をしておりましたがな、南鞘町の質屋に押込み強盗が入って番頭が殺されたとの知らせが届き、そちらに駆け付けましたでな、残った門弟衆も張り合いをなくしたか、早上がりしてしまいました。まだ残って

いる者はそれがし同様に隠居同然の暇な者ばかりでござる」

と春蔵がなんとなく同心たちの会話で察した事情を告げた。

「さようでござったか。ご時世がらか、江戸も殺伐としておりますな」

と応じた相手が、

「子どもたちまで押込み強盗の現場に駆け付けたわけではございますまい」

とさらに質した。

「ああ、うちの年少組の面々ですか。旅に出ておりまして、江戸を留守にしておりますでいよいよ閑古鳥が鳴く桃井道場になり申した」

「なんと与力・同心の子どもたちが旅ですと。まさか物見遊山に参ったわけではありますまい」

「八丁堀の部屋住みが湯治や物見遊山にいくなど、天地がひっくり返ってもございませんな」

と応じた桃井春蔵が経緯を告げた。

「おお、こちらは天下の武人赤目小籐次様と関わりがあるとか。その縁で紙問屋の御用旅に従い、大八車の後押しをしておりますか」

春蔵はこの人物がかようなことはすでに承知ではないかと推量したが、問答はそのまま続けた。

「もはや戻ってもよい頃合いですがな、なにしろ先の長雨に祟られて江戸戻りが遅くなっております」

「その御用旅に赤目小籐次様も同行しておられますか。本日は赤目様の尊顔を拝することが出来るのではと楽しみに道場を訪ねてきたのです」

「紙問屋の久慈屋の後見方を長年務めておられますでな、若い主に従い、一子の駿太郎どのや年少組も加わって賑やかに御用旅に出ておられます。江戸であれだけ雨が続いたのじゃ。高尾山薬王院のある甲州道中付近は江戸より大雨に悩まされて帰りが遅くなっておるのではござらぬかな。そなたには気の毒であったな」

「なあに、それがし、江戸に戻らされたはいいが、未だ役職がはっきりしませんでな、久しぶりの江戸をぶらぶらしておるところ、なんの差し障りもござらぬ」

と道場から立ち去る気配を見せた。

「お手前の姓名をそれがし聞いたかのう。近ごろ物忘れがひどくてな、聞いたにもかかわらず覚えておらぬことがしばしばでな、失礼をしておる」

と桃井春蔵が尋ね返した。

「それがし、こちらにて名乗った覚えはござらぬ」

「ならば覚えておらぬのは当然でござるな」

「それがし、天鷲文随（あまわしぶんずい）と申す」

「あまわしぶんずいどの、また珍しき姓名でござるな」

「天鷲は京のある地域にある姓でござってな、それがし、江戸から天鷲家に養子に出されたのです」

「京訛りが感じられぬが」

「いえ、話そうと思えば京言葉も話せます。されど江戸で一応二本差しが京言葉もおかしかろうと口にしないようにしております」

「天鷲どの、そなたがわが道場に訪ねて参られたのは赤目小籐次どのに用事がござってのことかな」

桃井春蔵が話柄を不意に変え、踏み込んでみた。

「赤目様な、江戸に十何年かぶりに帰着して、赤目小籐次様の武勇の数々を聞かされたゆえ、拝顔したい願いはなくもない」

「その他になんぞ狙いがござるかな」

「いえ、江戸に戻ったところで、最前事情を申し上げたように無聊をかこってってな、なんとのう、当道場を訪ねた次第」

「次なる機会は赤目小籐次どのが江戸に帰られた時分にお出でなされ。それがしや隠居の老門弟では天鷲どのの相手にもなるまいでな」

と桃井春蔵の素直な言葉に、曖昧な笑みで応えた天鷲が、訪ねてきたとき同様にふらりと道場から姿を消した。

二人の問答を聞いていた師範の一人が、

「師匠、異なご仁でござるな。うちを訪ねてくる真意がつかめぬ」

「まあ、赤目小籐次どのに狙いがあるのならば、そのうち分かろう」

と春蔵が応じていた。

八王子横山宿から日野宿へと向かう赤目小籐次と三公の二人を強い夏の陽射しが照らしつけていた。

小籐次は竹トンボを差した破れ笠を被っているので、暑さはさほど気にならなかったが、着の身着のままに江戸に行かされる羽目になった三公の額には汗が光っていた。

万時屋を出て以来、小籐次が先を行き、三公があとに従う恰好だった。三公の倍以上の歳と思える小籐次の歩きはゆったりしているようでそれなりに速く、三公は必死だった。

「じいさん、いや、赤目小籐次といったか、おまえさん、年寄りにして背丈も低いわりには歩みが速いな」

と日野宿に差し掛かったとき、万時屋を出て以来、初めて弾む息で口を利いた。

「わしの歩みが速いてか、ならば少し足の運びを緩めようか」

と小籐次が応じて二人は肩を並べた。

「赤目様よ、おまえ様、強いな」

「強いとはなんのことかな」

「そりゃ、剣術に決まっているじゃないか。うちの用心棒侍の佐武村陣左衛門を斬り殺したじゃないか」

「手加減したで殺しておらぬ。医者に連れていけば命は助かろう。おまえの親分の万時屋悠楽斎の肝を冷やすために佐武村どのが気の毒な目にあったのよ」

「親分はケチだぜ。おまえさんに斬られた佐武村を治療代のかかる医者に連れていくとは思えねえな。山ん中に運んでよ、放り出されて終わりよ」

「そうか、それは佐武村どのに気の毒したな。一つしかない命を万時屋のせいで捨てる仕儀になったか」

「人を叩き斬っておいて気の毒したってか、妙なじい様だな。ほんとうにおれたち、江戸に行くのか」

「三公は行きたくないのか」

「この形だぜ。花のお江戸を訪ねるのにかっこ悪くねえか」

と襟もとに米粒をつけた三公が両袖を広げて見せた。

「三公、そなた、なにをしに江戸に行く心算か」

「おれか、親分に命じられたからよ、じい様と行くんじゃないか。懐に一文も持ってねえんだぜ。あのよう、今晩、旅籠に泊まらせてくれるよな」

「おまえ次第だな」

「おれ次第ってどういうことか」

「おまえが江戸に行きたくないのならば、万時屋に独り戻ってもよい」

「じい様はどうするよ」

「わしか。わしは研ぎ屋が本業じゃが、客から預かって手入れする品を悠楽斎の倅に盗まれたでな、この品を取り返すために、わしは高尾山を離れてかたちばかりでも江戸に戻らねばならぬのだ。致し方なく江戸に向かっておるところよ」

「じい様、剣術は強いが頭はよわくねえか。親分の倅、坊主の壱行は親分より夕チが悪いし、ケチだぜ。じい様との約定を守るわけもねえよ」

「それは困ったな」

「なにを盗られたよ」

「うむ、客から預かった五郎正宗という女物の懐剣を奪われた」

「じい様が高尾山を離れて江戸に戻る代わりに女物の懐剣をだれぞに返すと思うか、そんな話はあの親子に限ってありえぬぞ」

「そういう取り決めじゃがのう」

「呆れたぜ、頭のよわいおれだって信じねえ話だぜ。壱行はな、薬王院の貫首になってよ、親分のほうは賭場に誘い込んでよ、講中の連中の懐の金をありったけ巻き上げる算段なんだよ。そのこと、じい様は知っていたよな」

「おお、万時屋で口にしたな、本気であの親子は薬王院有喜寺を乗っ取る心算かのう」

「親分、あちらこちらでべらべら喋っているもの、本気も本気よ。ところがなんとかいうじじい侍が、ああ、おまえさんか、ともかく厄介だからよ、高尾山から追い出したのよ。懐剣なんぞは戻ってこねえよ。二、三日したらよ、横山宿の古道具屋に叩き売られているな」

と三公が言い切った。

「困ったのう」

と小籐次は足を止めた。

「ところで、三公は悠楽斎の三下になる前はなにをやっていたのだ」

「おれか、万時屋で蚕の世話が仕事よ。おれんちは裏高尾の貧乏たれでよ、万時屋に奉公に出されたんだよ。十四のときだ」

「どうみてもやくざ者にはなりきれん輩と見たが、やはりそうか」

「江戸に行けば、じい様よ、奉公先があるかな」

「さあてな、江戸も関八州から逃散した百姓衆が入り込んできておるでな、そう容易く仕事は見つかるまいな」

小籐次の言葉にしばし黙り込んで考えていた三公が、

「江戸から横山宿まで戻るのにどれほどかかるよ、じい様」

「せっせと歩いて二日じゃな」

「おれ、一文も持ってないんだよ。腹減らして二日も三日も歩けねえよ」

「これから行く日野の渡し船に乗るにも船賃がかかるぞ」

「じょうだんじゃねえ、おれ、江戸に行かねえ」

と三公が横山宿へ戻りかけた。小籐次がその背に声をかけた。

「わしひとり、江戸に戻しましたと親分に言う気か、ひどい目に遭わぬか」

「なぶり殺しに遭うな。江戸に行ってもダメ、ここから横山宿の親分のところにも戻れねえ、どうすりゃいいよ、じい様よ」

小籐次は行く手のめし屋を兼ねた旅籠の暖簾に目を止めた。往路に立ち寄った日野宿の旅籠勝沼屋だ。

「あら、赤目様、どうなさいました」

と小籐次の顔を覚えていた女衆が声をかけてきた。

「いささか事情があってな」

と女衆に応じた小籐次は、

「三公、腹が空いておるか」

と連れに問うた。

「おりゃ、いつも腹がいっぱいになったことがない」

とめし屋から漂ってくる煮つけのにおいをくんくんと嗅いだ。

「食うか」

「おりゃ、一文も持たねえ」

「よかろう、わしが馳走をしてやろう。ただし、いささか三公の知恵を借りることになるがのう」

「めしが食えるならばなんでもやる」

「よかろう」

　と二人はめし屋の小上がりに上がって、

「姉さん、この三公には好きなだけめしと菜を食わせてくれぬか。わしには」

「酒でございますよね、酔いどれ様」

　と女衆が承知した。

　小籐次は酒をちびりちびりと飲みながら、鯖の味噌煮や野菜の煮つけで丼めしを食する三公の様子を眺めていた。

　頭は弱いが、気性は悪くないと判断した三公に、

「どうだ、満腹したか」

「まんぷくってなんだよ」

「腹は満たされたかと聞いたのだ」

「食った食った、親分もおかみさんもケチだからな、菜なんぞいつも香の物と具なしの味噌汁だ」

と満足げな顔で言った。

「さあて、これからどうするな」

「そりゃ、じい様が決めることだ。おりゃ、じい様が三度のめしを食わせるならば、一緒についていってもいい」

「生涯めしをたかられても敵わんが、差し当たって決着がつくまでめしと宿はなんとかしようではないか」

「ありがてえ。おれはなにをすればいい」

「わしと行をともにするということは、もはや万時屋には戻れんということだぞ。それでよいのか」

しばし三公が考え込んだ。

「おりゃ、十四のときから万時屋に奉公したというたな、十一年ばかり働いてよ、給金は親分のおかみさんが預かると言ってよ、持っているんだ。奉公を辞めるとき、渡すというんだが、おりゃ、信じてねえ」

「十一年、全く無給か」

「むきゅうってなんだ」

「ただ働きかと聞いておるのだ」

「だから、おかみさんがおれの給金を握ってんだよ。そういう約束なんだよ」

「預かっておるという言葉をそなたは信じてないのだな」

「信じてねえ、わけがあるんだ」

「話してみよ」

「おれの朋輩で岩松ってのがいたんだよ。岩松は、四方津村の出だったがよ、おっ母さんが病気になったてんで、奉公を辞めることにしたんだ、一年半前のことだ。これまでの給金の三十二両二分をおかみさんからもらって村に戻ったんだ。数日後、武蔵国と相模国の国境、大垂水峠で岩松の斬り殺された死骸が見つかったと、横山宿の御用聞きの手下に聞かされた。手下はよ、山賊の類に殺されたというがよ、おりゃ、信じちゃいねえ。岩松が万時屋を出たあと、代貸と用心棒二人が姿を消した。岩松は大男でよ、金子を懐に持った旅人の形じゃねえ、杣人のような恰好だぞ、だれがそんな岩松に目をつけるよ」

「そうか、万時屋では長年奉公した者の稼ぎを奪い返していたというか」

「じい様よ、他にどう考えろというんだよ」

三公は三公なりに考えていたのだ。万時屋で生き抜くためにわざと知恵が足りない風を装っているのかもしれないと小籐次は思いついた。

「そなたの給金も岩松の三十二両二分くらいはあるか」

「前におかみさんにおれの給金はいくら貯まったかと、聞いたんだよ。岩松が奉公を辞めた折だ。するとおかみさんが『おまえの給金は二十六両と三分一朱』と答えたんだ。あれから一年半、三十両を越えていて不思議はなかろう。万時屋は賭場で稼いでいるからよ、金はあるんだよ」

三公の説明に小籐次は頷いた。

「三公、名はなんというな。わしは三公も三の字も信じてはおらぬ」

「三太郎だ」

とあっさり答えた。やはり知恵足らずは三太郎の方便だった。

「三太郎、そなたの給金をこの赤目小籐次が必ず万時屋一家から支払わせると約定したら、わしの手伝いをしてくれるか」

三太郎はしばし沈黙し、小さく、だがはっきりと首肯した。

「なにをすればいい、赤目様」

「だれにも会うことなくわしを高尾山に案内できるか」

「甲州道中を使わずに山道を抜ければいけるぞ。裏高尾の郷に生まれたおれには裏庭みてえなもんだ」

と三太郎が言い切った。

「蛇瀧付近に万時屋の用心棒らの隠れ家があるそうだが、承知か」

「むろん知ってら。何度も使いにいかされたからな」

「ますますよい」

と応じた小籐次は女衆を呼ぶと、酒代とめし代に一分払った。

「姉さん、横山宿の万時屋と関わりがある者がわしらのことを聞くかもしれん。その折は、日野の渡しを越えて江戸に向かったと答えてくれぬか。それと筆、硯と紙を貸してくれ。一本江戸へ文を書くでな」

「横山宿のゲジゲジ一家は好きじゃねえ、尋ねられたらそう応じよう。筆と硯だな、他になにかねえか」

ふたりの問答を聞いていた女衆は小籐次の立場を承知したか、いつものざっかけない口調に変わっていた。

「握りめしを四人前、菜を添えて作ってくれぬか」

と願った。

「あいよ」

と行きかけた女衆が、

「貧乏徳利に酒を詰めるかね」

「一分では足りなかったな」

「この界隈の地酒だよ、握りめしと酒でおつりがくるだぞ」

「おつりがくるならば姉さんの手間賃じゃ」

四半刻後、書状をおしん宛てに書き終えた小籐次は、三太郎に日野宿の飛脚屋の番頭を呼びに行かせ、

「この文を老中青山忠裕様の江戸藩邸に今日じゅうに届けたい。その方のところに足の速い飛脚はおらぬか」

「そなた様は酔いどれ小籐次様で」

「なに、わしの名を承知か」

「この三太郎さんがべらべらと」

「喋りおったか。で、最前の問いはどうだ」

「早走りの風吉ならば夕刻前に届けますぜ。その代わり、値が三分二朱と高うございます」

と番頭が言った。

「早走りの風吉にいうておけ。老中屋敷で返書があるやもしれぬ。その折は高尾

山薬王院麓別院に届けよ。その折は別払いじゃ」

　小籐次は一両を支払い、釣りの二朱はそのほうの手間賃じゃと文を添えて渡した。

「合点承知しました」

　飛脚屋の番頭が消えたのち、

「馬を借りたいのじゃが」

　と女衆に頼むと、

「酔いどれ様は忙しいな」

　と言いながら即座に手配してくれた。そんなわけで小籐次は三太郎と馬に相乗りして多摩川を上流に向かい、秋川など何本もの流れを渡って裏高尾の山並みへと分け入っていった。

　翌未明、薬王院有喜寺へと久慈屋の品の紙を車力の親方八重助や国三、岩代壮吾、駿太郎ら桃井道場の年少組の面々が運ぶはずの日、昼下がりの刻限だった。

第八章　高尾山道の戦い

一

同日同時刻、子次郎は蛇瀧の滝壺近くにある万時屋の用心棒連中が住むという山家を見下ろす岩場に潜んでいた。

琵琶滝の宿坊から消えた懐剣五郎正宗を追って、薬王院有喜寺の僧侶頭壱行僧の行動にこの一日も密かに密着してきた。

壱行僧は小籐次の宿坊から盗み出した懐剣が、それなりのものと思ったか、身につけている。さらに山際雲郭に対して本性をむき出しにし、貫首を辞し、自分を推挙する誓書を書けと迫っていた。

壱行にとって、祖父が先代の薬王院有喜寺の貫首であった事実に鑑(かんが)み、その地

位は長年の
「夢」

であったのだろう。

だが、山際雲郭とて檀家や講中の多くの信徒に支えられているこの地位をそうむざむざと明け渡すわけにはいかなかった。ゆえにあれこれと抗っていた。

壱行僧は、

「貫首、明日にも江戸の久慈屋の一行が護摩札になる紙束を薬王院に運び上げてきますな。もし貫首を辞する書付を拒み続けるとなると、久慈屋の荷運びどもにどのようなことが降りかかっても知りませんぞ」

「壱行僧、そなた、僧侶という身を忘れたか、人を慰撫するのが僧侶の務めのはず、なぜそうまでして薬王院有喜寺の貫首の地位にこだわるな」

「知れたこと、薬王院を支配して江戸を始め、高尾山参りにやってくる講中の一行に、現世の楽しみを提供しようという仏心でな」

「そなた、長年薬王院有喜寺で修行を積みながら、さような考えにしか至らなかったか。この数年気にかかっていたことがある。半年ごとに開く賽銭(さいせん)箱から賽銭を盗み出していたのはそなたの仕業じゃな」

「おお、いかにもさよう。横山宿に女郎屋や賭場をいくつも拵えるには、それなりの金がかかるでな。よいか、とにかく先代の宗達はこの壱行の祖父。わしが新貫首に就くのは当然のことじゃ」

と壱行僧が居直った。

「わしの腹心の厳光坊と檀家総代の万右衛門様ら三人を手に掛けたのはそなたじゃな」

「ほう、察しておられたか」

と平然と答えた壱行僧が、

「明日までにそなたが貫首を辞する、および、この壱行の新貫首推挙の書付を書かぬようであれば、久慈屋の荷運び連中は一人として薬王院に姿を見せまいな」

と言い放った。

子次郎は、雲郭と壱行僧の会話を貫首の居室の床下できいていた。

「護摩札になる紙を運んでくるのは、車力連中の他に子どもたちじゃぞ、その者たちも殺すというか」

「久慈屋に借財七百両を申し込むような薬王院有喜寺を変えるには、その程度の犠牲は致し方あるまい。よいか、雲郭、そなたが貫首の地位に安穏と就いておられるのは暁七つ（午前四時）の刻限まで」

　雲郭貫首が最後の抵抗を試みた。

「久慈屋一行には江戸で名高い武勇の士、赤目小籐次様が従っておられる」

「懐剣がわが手にあるかぎり、赤目小籐次はなにもできぬ。すでに日野の渡しを越えて府中から江戸へと向かっておるわ」

「なんと」

　これには雲郭も打つ手を失ったと思えた。だが、床下でこれを聞いていた子次郎は壱行僧が身につけているならば手はあると思った。

「そんなはずはない」

　雲郭貫首の言葉は弱々しかった。

「いや、わしの親父の手下が江戸まで酔いどれじじいに従っておる。もはや高尾山界隈に赤目小籐次の姿はない」

「壱行僧、この雲郭にその懐剣を渡さぬか。さすればわしは薬王院有喜寺の貫首の地位に拘(こだわ)ることはない」

　しばし考えた壱行僧が、

「暁七つ、誓書をこの懐剣と交換しようか」

ここまで聞いた子次郎は薬王院の床下を出ると、万時屋の用心棒たちが住処とする蛇瀧の山家に向かった。

子次郎は鬱蒼と生える原生林の木の一本に登って、蛇瀧の山家を覗いた。すると五人の射手が五十間ほど先の岩場に設えられた的に向かって次々に矢を射ていた。

だれもがなかなかの弓遣いだった。

重い紙束を背負って山道を登る久慈屋の一行が矢で射抜かれたとしたら、大変な被害がでる。飛び道具の弓矢をなんとかせねば明日の荷運びは大きな悲劇におわる。

（どうしたものか）

子次郎が思案にくれていると、八王子城址の方から山道を一頭の馬に二人乗りした、見知った人物が戻ってきた。

子次郎はするすると木から滑り下りると、蛇瀧の山家を避けて馬に乗った二人に合流しようとした。だが、裏高尾の山は、江戸育ちの子次郎には厄介で、どこをどう下っているのか道を迷った。

せせらぎの音を頼りに川辺に出ると、幸運にも馬が鼻を鳴らす音が聞こえてきた。

「赤目様、そやつはだれですね」

ほっとした体の子次郎が小籐次に問うた。

「万時屋一家の手下の三太郎じゃ。わしを江戸まで連れて帰る見張り人じゃよ、子次郎さん」

「万時屋の見張りですと。赤目様の手下に鞍替えかえ」

「話せば長くなる。われらに時の余裕もあるまい。ともかく三太郎がわしといっしょにいるかぎり、赤目小籐次は高尾山から江戸へ向かって遠ざかっているということになっておる」

と応じた小籐次が、

「三太郎、この先は馬ではいけまい。馬はどうするな」

と訊ねた。

「裏高尾はおれの裏庭というたぞ。この近くに知り合いの杣人がおる、そこへ預けてくる」

小籐次は一分を三太郎に渡して、馬の預かり賃だ、と言った。

「杣人はおれの従兄よ、この銭は酒代に化けようかな。釣りなど戻ってくると思うな、じい様よ」

と嬉しそうに受け取った三太郎に小籐次は質した。

「われらはこの場で待てばよいか」

「ああ、江戸育ちの者が夕暮れ前に裏高尾で動くとえらい目に遭うぞ。この場を決して動かないでくんな」

「三太郎さんか。そなた、ここへ戻ってこような」

と子次郎が質した。

「おお、おれも赤目様にへばりついていなきゃあ、十一年分の奉公の金は貰えねえ。朋輩の岩松のように万時屋の連中に始末されることになっても敵わねえし」

と子次郎には意味の分からぬ言葉を吐いた。

「三太郎、握りめしと貧乏徳利に茶碗はおいていけ」

「酒は飲んでもいいがよ、握りめしは二人で食うでねえぞ。四半刻で戻ってくる」

と言い残した三太郎が裸馬にまたがり、山道へと姿を消した。

「赤目の旦那、蛇瀧の山家が備えている飛び道具の弓矢をなんとかせぬと、おまえ様の子を始め、明日の荷運びは悲惨なことになるぞ」

と子次郎が言った。

「子次郎、懐剣のあり場所は分かったか」

「壱行僧って坊主め、勘だけはさえてやがる。あの懐剣が金目になると踏んで、己の身から離さないんだ」

「ほう、欲のかたまりの壱行僧と五郎正宗の菖蒲造とはとても似合わぬと思うがのう。ともあれ、もう一晩あやつに預けておくか」

と小籐次が言い、二人は別れて以来の情報をお互い話し合うことにした。

小籐次は貧乏徳利の酒を二つの茶碗に注いだ。

「酔いどれ小籐次様と裏高尾の流れの縁で酒を酌み交わすなんて夢にも考えなかったぜ」

と子次郎が苦笑いした。

「友あればどこで飲んでも酒は美味(うま)いわ」

「ほう、おれは酔いどれ様の友か」

「うむ、友の前に客じゃな」

「妙な縁だが、高尾山の山ん中で酒を酌み交わすのも粋かもしれん」

二人は茶碗酒をちびりちびりと飲みながらお互いの行動を告げ合った。

た。


「酔いどれの旦那のいうように友と酒を飲むと、どんな地酒でもうまいな」

「友ありて飲む酒はどのような酒でも旨酒(うまさけ)よ」

「確かだな」

と小籐次と子次郎が満足げに言い合った。そして、子次郎が話をもとへと戻した。

「赤目様、最前も言ったが、飛び道具をなんとかしないと厄介だぜ」

「琵琶滝は承知じゃが、蛇瀧は知らんでな。どうしたものかのう」

と思案していると、手造りの弓矢と火縄と松明(たいまつ)と、なにが入っているのか竹筒などを年季の入った竹籠(たけかご)に入れて背負った三太郎が戻ってきた。

「握りめしは残しておいたろうな」

「そなた、酒よりめしか」

「この界隈の人間は白いまんまなど食ったことがないからな、おりゃ、酒は嫌いだ」

「ならば握りめしを食え。そのあと、蛇瀧の万時屋の用心棒どもの山家にわれらを連れていけ」

小籐次の言葉に頷いた三太郎が、山の端を見て、

「握りめしは歩いても食える。日が落ちる前に蛇瀧にいくのが先だ」

と案内に立った。


四半刻後、三人は蛇瀧の上の岩場にいた。小さな滝壺の縁に万時屋の用心棒が待機する山家があった。

「さあて、どうしたものかのう」

「水攻めか火攻めだな」

と握りめしを三つ食った三太郎が言った。

「水攻めはこの滝の水をせき止めて溜めぬといかんな。さような時の余裕はあるまい」

と小籐次が言った。

「まずダメだな」

「となると火攻めか」

「じい様、じゃから従兄から猪撃ちの弓矢と松明と火縄、それにあれこれと借りてきたぞ、あの一分が利いたな」

「そなた、弓矢が射られるか」

「この界隈の山育ちは、なんでも山んなかにいるもので生きているんだ。鹿だろうが猪だろうが捕まえる知恵は子どものときから覚える。餓鬼のころ覚えた手造りの杣弓だが、今でも射ることはできよう」

横山宿で三公と呼ばれていたときとは異なり、しっかりとした男衆を小籐次は、眼前に見ていた。己の生まれ育った土地で三太郎は甦ったのだろうか。

「おりゃ、じい様が万時屋から給金を取り戻してくれたらよ。おれの郷で畑を買ってよ、畑仕事をして暮らしていく」

「江戸はもうよいか」

「まずおれがまともな暮らしを取り戻すのが先だな。じい様、おれの家よ、万時屋には言ってねえが、薬王院有喜寺の代々の檀家だ」

「ただ今の山際雲郭様がそなたの貫首だな」

「おう、壱行なんてのは、やくざ坊主だ」

「となると、あの山家をどうしたものか」

「おれに任せろ、じい様、火種を消すんじゃねえぞ、山で火は借りられねえからよ」

三太郎が言い残すと竹筒を手に岩場から降りていった。

もはや裏高尾の山々は闇に包まれていた。

山家からは囲炉裏の灯りが表に漏れていて、酒でも飲んでいるのか、滝の音の間から、

「明日になれば、われらが高尾山の主じゃぞ」

とか、

「赤目小籐次は相手方におらんのか」

とか、

「江戸で評判の酔いどれ小籐次と一戦交えたかったぞ」

などと言い合う声や、頭分が、

「明日は早い、体を休めておけ」

と一同に命じた声が岩場まで聞こえてきた。そのうち一人ふたりと酔い潰れて眠りに就いた気配がした。

小籐次と子次郎のいる岩場から三太郎の姿は全く見ることが叶わなかった。

夜半九つ（午前零時）か、そんな頃合い、山家の板屋根に三太郎と思える黒い影が浮かび、屋根のあちらこちらになにかを振り撒いた。そして、人影は裏高尾

の闇に溶け込んだ。しばらくして岩場に三太郎が戻ってきた。

「仕度は万々か」

「ばんばんってなんだ」

「仕度は済んだかと聞いたのよ」

「まあ、見ていろ。飛び道具を使えなくすればいいんだよな」

「できるか、三太郎」

「できるかできねえか、やってみなきゃわかるめえ、じい様」

「よし、そなたの仕掛けがうまくいったならわしからも褒賞金を出そうか」

「従兄に出したと同じ一分か。無駄遣いはしないほうがいい、じい様に孫はいないか」

「孫はおらぬが明日未明、久慈屋の荷を担いで薬王院に登るなかに倅がおる」

「倅に叱られないか」

「三太郎、これは無駄遣いではない。高尾山に巣くう悪たれどもの大掃除賃だ」

「そうだな」

と言った三太郎が矢先の古布に火縄で火をつけた。

「菜種油を浸した火矢はよう燃えるぞ」

と言った三太郎が岩場に立ち杣弓に火矢を番えると、山家の板屋根に向けて飛ばした。確かにその動きは、手慣れていた。

火矢の灯りが夜空に弧を描きながら蛇瀧の滝壺を越えて山家の板屋根に突き立ち、
ぱあっ
と燃え上がった。

「さあて、いつ気付くかな」

と三太郎が言い放った。

「板屋根にもたっぷり菜種油を撒いたぞ、よう燃えようが」

三太郎は、知恵たらずのふりをして万時屋で下働きをしながら、生き抜いてきたのだ。実はいつか万時屋親子の野心を阻むことを考えていたのではないか、と小籐次は思った。知恵たらずどころか、なかなか利口者だと感心した。

突然、

「ああー、火事じゃぞ」

と山家から絶叫が上がった。

そのとき、すでに山家の板屋根は大きく燃え上がっていた。

「水をかけよ、刀、弓矢を表に持ち出せ」

と命じる声がした。

「滝壺の水をかけよ。火をなんとしても消せ」

とか、

「武器を早く持ちだせ」

「もはや中には戻れん、炎がすごい」

と言い合う声が下から聞こえた。

「じい様よ、弓矢は板屋根に上げておいた」

「つまり、明日の飛び道具は燃えてしまうのかえ」

と子次郎がもらし、

「そういうことだ」

「三太郎さん、なかなかの腕前だね、こんな山ん中においておくのは勿体(もったい)ねえな」

と三太郎の返答に子次郎が応じた。

「子次郎さんや、おまえさんの仲間に誘うかな」

「赤目様、わっしは仲間を持つ身分なんかじゃございませんよ」

と子次郎が応じたとき、山家から刀を手にした万時屋の用心棒侍ややくざ者が大慌てに飛び出してきた。

「日比谷どの、弓矢がどこにも見つからぬ」

「よく探せ、明日の仕事に差し支えるわ」

と頭分の怒声が響いた。

「こんな山んなかで、他の弓矢を探すなど無理じゃぞ」

山家の板屋根が燃えて崩れ落ち、建物にも炎が移っていた。

滝壺の傍らにある山家だ、高尾山の森林などに移る心配はない。

「なかなかの見物じゃな」

と小籐次が感嘆した。

「日比谷どの、どういうことだ、板屋根から燃え広がってきたわ」

「火付けじゃな」

「火付けじゃと、だれがやった」

その問いに答える者はいなかった。しばし沈思した日比谷が、

「赤目小籐次の仕業かもしれん。それがし、薬王院の壱行様にこの旨告げてくる」

と日比谷と思しき大兵と、腹心の手下がふたり燃えさかる山家から薬王院有喜寺へと駆け出していった。

二

その未明、おりょうは胸騒ぎに目を覚ました。しばし床のなかで気分を落ち着かせようとじっとして時を過ごした。すると幾分気持ちが和らいだように思えた。

（ああ、これは望外川荘に何者かが押し入ろうとしているのではない）

と思った。

なぜなら飼い犬のクロスケとシロが警戒の声を上げる気配がなかったからだ。

（高尾山薬王院に荷を納めに行った久慈屋の一行になにか災いが降りかかったのであろうか）

それにしては息苦しいような不安感や恐怖感が感じられなかった。

（ああ、となると長雨が上がり、山道が乾くのを待った一行が麓から高尾山山頂近くにあるという薬王院有喜寺に久慈屋の品の紙を背負子に負って運び上げるときが来たということではないか）

とおりょうは気付いた。

床を出たおりょうは望外川荘の神棚に拝礼し、仏壇に灯明を上げて荷運びが無事に果たせるよう祈願した。そのうえで町屋の女衆が大事なことを神仏に願うときに行うという、

「お百度参り」

をなそうと既に用意していた百本の紙縒りを手にして望外川荘の一角にある、小さな稲荷社と赤い鳥居の間の二十間余りの石畳を足袋裸足(たびはだし)で、久慈屋一行、桃井道場の年少組が無事に務めを果たすことを祈願して往復を始めた。

そんなおりょうの行動に関心を抱いたクロスケとシロがおりょうの身を守るように警護の構えを見せていた。

紙縒りが三十本を超えたとき、東の空が白み始めた。

お梅がおりょうのお百度参りに気付いて加わろうとしたが、なにしろ望外川荘の一角にある稲荷社は大きいものではなく、人ひとりがようやく往来できる程度の石畳だ。

お梅はお百度参りはおりょうに託することにして、百助(ももすけ)に朝湯の仕度を願い、
自分は神棚に拝し、仏壇に手を合わせて高尾山薬王院に御用旅に向かった久慈屋

一行の無事を祈った。おりょうがお百度参りで祈るとしたら久慈屋一行の無事と、小籐次、駿太郎親子が望外川荘に元気に戻ってくることしかないからだ。

お梅は朝餉の仕度を始めた。


芝口橋の久慈屋でも大番頭の観右衛門がいつもより早起きして、神棚の榊や水を新しいものと取り換え、高尾山に向かった御用旅の者たちの無事を願っていた。

江戸でそんなことが行われているとは知る由もない薬王院有喜寺の僧侶頭の壱行のところに蛇瀧から凶報がもたらされたのは、おりょうや観右衛門が一行の無事を祈り始めたより一刻ほど早い頃合いであった。

「なに、蛇瀧の山家が燃えたというか」

「壱行様、一気に板屋根から燃え上がり、本日の荷運び一行を襲わんと早寝をしていたわれらが気付いたときには、もはや消そうにも消しきれず、山家の隠れ家はほぼ燃え落ちました」

蛇瀧の山家に常駐させていた二十数人の頭分、日比谷十兵衛義経なる西国の剣術と弓術の達人が、

「あの火のまわりの早さは何者かの火付けと思えます、全くもって手の打ちようがございませんでした。ですが、われら配下の者に一人として怪我人も脱落者もありませんゆえ、荷運びの一行を襲うのに差し障りはありませんぞ」

と言い訳した。

「だれが仕掛けたというのだ」

「手際よい仕事ぶりは」

しばし返答に窮した日比谷十兵衛義経を睨んだ壱行僧侶頭が、

「まさか赤目小籐次が高尾山に戻ってきたということはあるまいな」

と自問するように言った。

「壱行様、それがしもそのことを考えました。されど赤目小籐次は来島水軍流の剣術で名を上げた老武芸者でござろう。いくらなんでも霊山高尾山の山家に火付けをするとは思えません。なにより赤目小籐次が江戸に帰らざるをえない策を講じられたと壱行様からお聞きしましたな」

「赤目小籐次ではないとすると、何者が火付けなどやりおったか」

壱行僧が考え込んだ。

「麓の別院におる車力連中や半人前の子ども侍の仕業とも思えませんな」

「では、われらが知らぬものか」

「壱行様、久慈屋の主と赤目小籐次と手代の三人が雨のなか、山道を登った折、われらの弓矢の邪魔をした礫の主がおりましたな。その者ではございませぬか」

「礫を放ったのは何者だ」

「それが未だ正体がつかめませんので」

「もはや時に余裕はない。日比谷、そのほうら、荷運び連中を襲う仕度は万全であろうな」

　と壱行が日比谷に質すと、

「そ、それが」

　と日比谷が言葉に窮した。

「それがどうしたというのだ」

「火事騒ぎで弓矢と長刀（なぎなた）、槍を燃やしてしまいました。いえ、赤目さえいなければわれら一騎当千の者ども、刀にて十分始末がつけられましょう」

「なに奇襲策の武器の弓矢を失ったじゃと、愚か者が」

　と怒鳴りつけた壱行僧が、

「日比谷、配下の者を二人、横山宿の万時屋に走らせ、武器と加勢の人数を親父に願え。急がねば荷運びの連中の出立に間に合わんぞ、急げ」

と命じた。

「はっ」

と畏まった日比谷の手下二人が薬王院を飛び出したのは未明七つの刻限だった。

そのとき、薬王院の麓別院に控えていた久慈屋一行が、それぞれ油紙で包んで背負子に載せられた紙束の点検をしていた。

修験僧や車力たちはそれぞれ十五貫（約五十六キロ）を、なかには二十貫（約七十五キロ）を負うものもいた。国三は十五貫を負うことにして紙束を背負子に括り付けた。一方、岩代壮吾は荷を負うことなく万時屋一派の襲来に備えて一行の警戒にあたることにした。

桃井道場の年少組の五人は駿太郎の三分の一ほどの五、六貫を負うことにした。

壮吾が駿太郎を手招きして、

「駿太郎どの、赤目様は江戸に戻られたという話は真かな」

と質した。

「父が高尾山の荷運びを前にして、われらに何も言い残すことなくこの地を離れるなどありましょうか」

駿太郎が疑問を呈した。

「であろうな。赤目様のこれまでの幾多の武勇からしてもおかしい」

「おかしゅうございます。父がさような行動をとるときは、なにか企てがあってのことです。私どもは荷を負って淡々と薬王院有喜寺に運んで務めを果たす、そのことだけに専念しませんか」

「そうじゃな。そのためにわれらは江戸から高尾山にわざわざ参ったのじゃからな」

と二人が話すところに森尾繁次郎と清水由之助が姿を見せた。

「修験僧が話しているのを聞いたのですが、昨夜、蛇瀧にある山家が火付けにあって燃えたそうです。なにがあったのでしょうか」

「国三さんに聞いても知らないというのです」

と二人が言い合った。

「山家はだれが住んでおるのだ」

壮吾が二人に質した。

「さあ、人が住んでおるのかどうかさえ分かりませぬ」

と由之助が答え、

「それにしても修験僧の方々がえらく緊張しているように見えるのはどういうことでしょうか」

と繁次郎が言い出した。

「うーむ、それはそれがしも感じる。薬王院ではただ今の貫首一派と、反貫首一派の内輪もめがあると聞いたぞ」

「壮吾さん、私どもの荷は紙束ですよね、一体だれが紙束を襲って奪いとるというのですか」

由之助が問うた。

「なんともそれがしには答えられんな。駿太郎さん、どうだ」

壮吾がそれまで黙って問答を聞いていた駿太郎に質した。

「父が行くところ騒ぎがあるのはいつものことです。されど、こたびの久慈屋さんの御用旅に危険が待ち受けていると知っていたら、繁次郎さんたち年少組の参加を許すとも思えません。父はなにも知らされずにいたのでしょう」

「駿太郎さんよ、府中宿の騒ぎの一件、なぜわれらに話してくれぬのか」

と由之助が壮吾と駿太郎に詰問した。

「由之助、そなたら、八丁堀に戻ればおそらくなにがあったか詳しく知ることになろう、それまでその一件を詮索するのは待て。はっきりといえることは、こたびの薬王院の内紛とは全く関わりがないということだ。赤目小籐次様が行かれるところ、騒ぎあり、と駿太郎さんが言うたがこれもその別件かのう」

壮吾が首を捻りながら駿太郎を見た。

「私が承知なのは、父が琵琶滝の研ぎ場で懐剣の研ぎをしようと考えて高尾山に参ったということだけです」

「懐剣を高尾山で研ぐのか」

と繁次郎が聞いた。

「はい、さるお客様から是非父の手でと研ぎを頼まれたのです。私もちらりと見ましたが、女物のなかなかの懐剣、お客人は相州五郎正宗と信じているようでした」

「なに、五郎正宗じゃと、女物の懐剣か」

壮吾の問いに、

「私も菖蒲造の表裏に菖蒲が刻まれた短刀を初めて見ました」

「そうか、赤目様は高尾山に研ぎ場を設けるつもりか」

「琵琶滝には諸国から研ぎ師が集まる研ぎ場があるそうです」

「そういえば、赤目様はそれがしの刀の手入れをして下されたな」

と壮吾が腰の刀に視線をやり、

「この刀を使うことが高尾山でもあるのだろうか」

と自問した。鍔と栗形を小籐次が紙縒りで結んでいた。徒やおろそかに刀を抜くなという戒めだった。

「それはなんとも」

「そろそろ明るくなります。朝餉の握り飯と味噌汁を食したら、山登りに出立ですよ」

と国三が告げにきた。

「国三さん、そなたも赤目様がどこにおられるのか知らんのか。まさか江戸に戻られたということはないであろうな」

壮吾が問うた。

「岩代様、長いこと赤目様の行いを見てきた私がいえることは、謎の行動の背後にはちゃんとした理由があるということです。そのことを信じて、私どもは紙問屋久慈屋の品物を汚れ一つつけることなく薬王院有喜寺に無事に納めることに専念いたしませぬか」

「うむ、分かった。それがしも国三さんの考えに従おう」

と壮吾が言い、皆は食堂に仕度された朝餉を食しにいった。


ほぼ同刻限、薬王院有喜寺の宿坊の一室に寝ていた久慈屋昌右衛門は、人の気配に目を覚ました。そして、

(本日は品物が納められる日であったな)

と思った。

「ただ今、起きます」

と襖の向こうに声をかけたが、だれも返事をする様子はなく、廊下を複数の人間が揉み合うような音がして、襖が開かれた。

提灯の灯りが昌右衛門に突き出された。

「久慈屋昌右衛門、赤目小籐次の行方を知らぬか」

と質したのは、薬王院有喜寺の僧侶頭壱行だった。

「どなたですか」

と問うた昌右衛門だが、この人物が壱行僧かと直ぐに察した。

「赤目小籐次の行方を聞いておる」

「赤目様ならば、本日の荷揚げ一行といっしょにこちらに参られましょう。なんぞございましたかな」

　と昌右衛門は壱行に質した。

　昌右衛門は、先代貫首山際宗達の隠し子が横山宿の万時屋悠楽斎で、壱行という僧が宗達の孫だと、雲郭貫首に聞かされていた。そして、当代の貫首雲郭を廃して、薬王院有喜寺の新しい貫首の座につかんと画策していることは、こたびの薬王院訪問で理解していた。

　その雲郭を二人の浪人者が引きずってきて、昌右衛門の傍らに乱暴に転がした。

「なにをなされます。雲郭師はこの薬王院有喜寺の貫首様にございますぞ」

「久慈屋、それもあと数刻のうちに元貫首となろうぞ」

　と壱行が嘯いた。

「ほう、それはまたどういうことでございますか」

「山際雲郭自ら貫首を辞するとこの壱行に申し出たからだ。久慈屋、今後の商いは、この壱行とすることになる」

「おもしろいことを申されますな。そなた様の貫首就位は、檀家様方も講中の方々もお認めになりますまい」

「久慈屋、そのほう娘に気に入られて久慈屋に婿入りし、奉公人から八代目の主になったのであったな」

「それがなんぞかような話に関わりがございますかな」

「世間が未だ分かっておらぬというておるのよ。神社も商いも金のあるほうに転ぶのが世の常じゃ」

「おのれ、壱行め、戯けた雑言を吐くでない。高尾山薬王院有喜寺は、天平十六年（七四四）に行基菩薩が聖武天皇の勅命を得て開山されて以来、千八十有余年、そなたのような生臭坊主を貫首に頂いた覚えはない。早々に山を立ち去りなされ」

　と雲郭が大声を発して叱りつけた。

「ほう、大した啖呵よのう。久慈屋、雲郭、もはや、そなたらが頼りにしておる赤目小籐次は山を下りて江戸へ戻ったわ」

「それはまたどういうことでございますかな」

　と昌右衛門が質した。

「この懐剣を失くしたのがあやつのしくじりの原因よ」

と壱行が錦の古裂の袋に入った懐剣を僧衣の懐から出して見せた。

「そ、それは」

「おお、赤目小籐次が客から預かった女物の懐剣よ」

「壱行、そなた、盗みまで働いたか」

雲郭が呆れ顔を見せて吐き捨てた。

「戦は勝たねばならぬでな」

「いえ、そなたはここにおられる雲郭様に浄められた懐剣を手にして、赤目小籐次様ばかりか、懐剣の持ち主を敵に回しましたな」

と昌右衛門は言い放った。

「懐剣の持ち主がどうした、久慈屋」

「私、赤目様がその懐剣の手入れを頼まれた折、ちらりと見てお客人の為人(ひととなり)を察しましたがな、失礼ながら、そなたの親父様やそなたでは太刀打ちできぬと見ましたがな」

昌右衛門の言葉に、

「その者が蛇瀧の山家を燃やしてしもうたのではございませぬか」

と雲郭を引きずってきた日比谷十兵衛義経が思わず言った。

「なに、蛇瀧の山家に壱行、そなたの手の者を住まわせておったか」

と雲郭が応じた。

「日比谷、この二人、薬王院の蔵のなかに押し込め、見張りをつけよ」

と壱行が命じた。

このとき、現貫首の味方たる若い修行僧らはみな麓別院にあって、そろそろ山登りに入ろうとしていた。薬王院には壱行一派の僧侶しか残っていなかった。

「さあて、雲郭、そなたが貫首を辞し、わしを新貫首に推挙する誓書を書かぬか」

「赤目小籐次様の部屋から盗んだ懐剣との交換であったな」

と雲郭が壱行に思い出させた。

「この懐剣、それなりの値がつくと思うたが、薬王院の貫首の位と交換するなら致し方ないか」

と壱行が駆け引きをした。

「壱行さん、そなた、その懐剣が相州五郎正宗と承知ですかな。この界隈の古道具屋で売ったところで、せいぜい三、四両ほどか。江戸ならば、その何百倍もの値がつきましょうな」

という昌右衛門の言葉に、壱行が手にある懐剣を包んだ錦の古裂を見た。

「そうか、それなら交換はやめだ。雲郭、そなたに誓書を書かせるのは、本日の荷運びが終わったあと、たっぷりとな、時をかけて認めさせようぞ」

と言い放ち、雲郭と昌右衛門を、薬王院の宝物殿でもある蔵のなかへと閉じこめた。

三

高尾山の登山口の一つ、薬王院麓別院では、背負子を負った長い行列が山道へと向かって出立しようとしていた。

先頭は山道を熟知した修験僧の一団で足元を草鞋で固め、金剛杖をそれぞれが携えていた。続いて車力の八重助親方を中心とした十四人だ。二列縦隊のこの修験僧と車力のあとに、駿太郎と祥次郎、繁次郎と嘉一、由之助と吉三郎が従い、国三と岩代壮吾が一行の後尾を固めていた。駿太郎だけが金剛杖ではなく使いなれた木刀だった。

先頭の修験僧の二人が山道にかかったとき、東の空が白んできた。

一団は未だ緩やかな山道を進んでいた。だが、高尾山薬王院全体が現貫首の山際雲郭師派と僧侶頭の壱行一派に分かれて対立していることもあって無言で、警戒を怠ることなく進んでいった。

麓別院にも蛇瀧の山家が焼失したことは知らされていた。

この山家に壱行一派の剣術家や無頼者が二十数人も潜んでいることを修験僧たちは承知していた。そして、

なぜ壱行一派の拠点が火事になったのか。

この火事が双方にどのような影響をもたらすか。

荷運びの一行に邪魔が入るのか。

などの諸々の考えが修験僧たちの胸に不安を醸(かも)していた。

車力の一団は、長雨のために高尾山の麓別院に足止めを食い、うんざりとしていた。八重助以下の車力たちは今日じゅうに荷を薬王院有喜寺に運び上げて、明日にも江戸に戻りたいと考えていた。

駿太郎は車力並みの十五貫の紙を負い、六貫を背にした祥次郎とゆっくりとし

た足取りで車力たちのあとを追っていた。

「駿太郎さんさ、親父様の赤目様が江戸に戻ったと聞いたがほんとうの話かねえ」

と小声で質した。幾たびも問われたことだ。

「父上が江戸へ戻ったとしたら、火急の用件があってのことでしょう」

「かきゅうって、この高尾山の荷運びとは別なことだよな」

「いいえ、父上が久慈屋の御用の最中に別の用件で高尾山を離れられるとは私には考えられません」

「だったらなんのために駿太郎さんの親父様は江戸に戻ったんだよ」

祥次郎の問いに駿太郎はしばし考えて、

「祥次郎さん、父上が高尾山を離れたとはどうしても思えないのです」

と答えながら、薬王院麓別院から父の愛刀次直が消えていることを気にしていた。次直を必要としている人物はただひとりしかいない。

「だってみんながそう言っているぜ」

「それは承知ですが」

「じゃあ、江戸に戻ったと言いふらして、悪い坊さん一派をだましているのか」

「かもしれません。だけど、私にはそれ以上のことは分かりません」

祥次郎に正直に応じた駿太郎が、

「祥次郎さん、背の荷物は重くないですか」

と話題を転じた。

「大丈夫だよ。駿太郎さんが言ったよね、何事も剣術修行だって」

「はい、そうです。先頭のお坊さんたちは本式な山道に入ったようです。歩みが少しばかり遅くなりましたね」

「おれ、もっと早くてもついていけるぞ」

「祥次郎さん、山登りはゆっくりと一定の歩みで一歩一歩進むことです。私たちは全員が荷を負っていますからね、浮石などで足を挨じると厄介です」

駿太郎は後ろからくる桃井道場の年少組の他の四人にも言い聞かせていた。

「駿太郎さんは山登りしたことがあるのか」

「丹波篠山の滞在中に、父上と古城がある高城山に登りました、もっとも途中まで馬でいきましたけど」

「駿太郎さん、馬に乗れるのか」

「利口な馬で初めての私を上手に乗せてくれました。父上は厩番(うまや)でしたから馬の扱いを心得ています」

「古城のある高城山になにしにいったんだ」

「丹波篠山藩は、ただ今老中青山様のご領地です。ですが、その昔、波多野一族が支配していた地です。私の実の父、須藤平八郎は波多野一族の出で、一族の方々が今も山城の八上城址で心地流なる剣術の稽古を積んでおると父が知り、稽古を見物に行ったのです」

「えっ、篠山では山の上で剣術の稽古をするのか」

「祥次郎さん、波多野一族の方々はただ今の青山様の家臣に遠慮されてのことだと思います」

「ほんとうの駿太郎さんの親父様も剣術が強かったのか」

「父上からそう聞いています」

祥次郎がなにかを問いかけようとしたが、足の運びが乱れ息が少し弾んで口が利けなかった。

「祥次郎さん、本式な山登りに入ったようです。修験僧の方々は一列になりました。私たちももうすぐ一列で山登りをすることになります」

「休憩はまだだよね」

「私ども出発からさほど歩いていませんよ」

いつの間にか夏の朝日が高尾山のうねうねと続く山道を照らし、木漏れ日が荷運びの長い群れをまるで蟻の行列のように浮かび上がらせていた。

長い縦列の最後をいく国三と岩代壮吾も本式な山道にさしかかっていた。

「国三さん、それがしだけが手ぶらなのは心苦しいな」

「岩代様は万が一の場合、警護をなす御番衆です。手ぶらなのではありません」

「国三さんは高尾山に品を納めに幾たびも来たのだな」

「はい、最初に高尾山を訪ねたのは、桃井道場の年少組の皆さんと同じ十三、四の小僧時分でした。以来、六、七回はお山登りをしていると思います」

「江戸の老舗の紙問屋というから、店で客がくるのを待っていればよいかと思うていたが、仕事となるとどのような商いも大変じゃな」

「うちは問屋です。それも公儀を始め、大名諸家、神社に纏(まと)まった品を納めます。江戸府内ならば船や大八車で運べますが、高尾山のように遠い場合は、何日か旅して最後はこのお山登りというわけです」

「町奉行所の与力・同心なんて楽なものだと旅をして気付いた」

「いえ、どのような御用も奉公も楽な務めはありませんよ。手を抜こうと思えば、できないことはない。だけど手を抜くことを覚えた奉公人は一人前の商人にはなれません」

「いかにもさようだ」

と得心したように壮吾が応じたとき、

きえっきえっきえー

と野猿の群れの威嚇の鳴き声が山道に響き渡った。

「わあああー」

「なんだ、あれは」

と祥次郎や嘉一ら十三歳の年少組が悲鳴を上げて、足を止めた。

「高尾山に棲む猿の鳴き声です」

と国三が年少組に教えた。

「えっ、猿がおれたちを脅かすのか」

祥次郎が脅えた声を上げた。

「祥次郎さん、お山は猿を始め、いろいろな生き物の住処です。猿たちの縄張りに私たち人間が入らせてもらっているのです。『どうか山道を一時お貸しください』と願いながら、そっと進めばなにもしませんよ」

と国三が言った。

「えっ、お山は生き物の縄張りか」

とか、

「そうか、おれたちがよそ者なんだ」

とか嘉一と吉三郎が言い合い、年少組の先頭をいく駿太郎が、

「ここから一列で進むそうです。杖をしっかりと突いて、ゆっくりと一歩一歩進みますよ」

と声を上げた。その声に応えるかのように野猿の群れが再び威嚇の声を張り上げたが、もはや年少組のだれからも悲鳴はなかった。


子次郎はそのとき、薬王院有喜寺の天井裏に忍び込んでいた。僧侶頭壱行の動きを見張ろうと考えてのことだ。

壱行はいらいらしながらなにかを待っている気配だった。

蛇瀧の山家を塒にしていた用心棒集団日比谷一派の武器が焼かれて戦闘能力が落ちていることに苛立っているのだ、と子次郎は思った。そして、薬王院の宿坊に滞在しているはずの久慈屋昌右衛門と貫首の山際雲郭の姿が見えないことを訝

しく思った。

　広大な建物の天井裏をはい回り、宝物を所蔵した内蔵の扉の前に二人の見張りがついていることに気付いた。ということは、二人は内蔵に監禁されたと考えるべきだと推量した。ならばしばらく二人には我慢してもらおう。それよりも壱行僧が待っているのは何者か、思案した。

　そうか、蛇瀧の山家を燃やされたと知った壱行は、横山宿の親父、万時屋悠楽斎に助勢を求めたのだ、と気付いた。だが、万時屋は夜の間は賭場で多忙だろう、倅の壱行が助けを求めたとしても素早く動きがつくまい。いや、即座に助勢が横山宿を出たとしても、久慈屋の荷運び一行は既に登山道の中腹に差し掛かっているころだと推量された。

（さあて、となると独りの壱行を襲って懐剣を取り戻すのが先か）

　と子次郎は思案した。

　天井裏から降りようとしたとき、

「僧侶頭様、荷運びの連中が山登りを始めましたぞ」

　と知らせる声がした。

　壱行の腹心の一人、仁真坊だ。

「そのなかに赤目小籐次はおるか」

「いえ、姿は見えません。修験僧と車力の一行に子ども組、久慈屋の手代に若侍が一人従っているだけです」

「なにか妙だな」

と壱行が訝しんだ。

「赤目小籐次は江戸に戻ったのではありませんか」

「親父の手下があやつを見張って江戸に向かっておる。なにかあれば親父のところに連絡(つなぎ)がつく手はずがあり、こちらに報(しら)せがこよう。岩代壮吾なる若侍だけが久慈屋の荷運びの護衛じゃな」

「となれば飛び道具がなくとも日比谷先生方の手で始末がつくのではございませんか」

仁真坊の言葉にしばし思案した壱行僧の、

「よかろう、日比谷に命じよ」

との言葉に、

「僧侶頭様、お尋ねしてようございますか」

「なんだな」

「久慈屋の一団を襲っても紙束しか手に入りませんぞ。すでに久慈屋からの七百両は貫首から奪って壱行様の手にございますな」

と疑問を呈した。

「仁真坊、江戸の紙問屋から仕入れた紙はなにに供するな」

「それはもう護摩札などではございませんか」

「そういうことじゃ。わしが次なる高尾山薬王院有喜寺の貫首についた折、護摩札をつくる紙をどうする」

「久慈屋に注文するわけには参りませんな」

「ゆえに差し当たってやつらが薬王院に持ち込もうとしておる紙束が要るではないか」

「なあるほど」

「大法要が控えておるで、護摩札を何倍かに値上げすれば、あの者たちが江戸から持ち込んだ紙が何百両の金子に化けようが」

「ほうほう、考えられましたな」

「高尾山薬王院に詣でたあとの講中の者は、俗世の遊びを横山宿にてなす。賭場などを増やすのにいくら金があっても足りぬでな」

と壱行が僧侶にあるまじき言葉を吐いた。

万時屋親子は大山参りの帰路に講中の面々が江の島に立ち寄り、欲望を満たす習わしがあることをまず考えていた。

「となりますと、あの連中を襲うのは薬王院近くの山道、タコ杉を過ぎた猿山辺りになりますかな」

「薬王院の境内では厄介じゃ、かといって山道の途中でもどちらに運ぶにしても面倒じゃからな。猿山は日比谷に襲わせるに十分な広さもあるわ。昨夜の失態を取り返さぬと、もはやあの者たちの使い道はないとこの壱行が言っておったと、おぬしが厳しく伝えよ。それから」

と小声で仁真坊に何事か囁(ささや)いた。

「は、はい、畏まりました」

と仁真坊が応じて壱行に背を向けると、顔に卑しい笑いを浮かべて姿を消した。

(仏の衣を着たワルほど厄介なものはないわえ)

と天井裏に穿(うが)った小さな穴から覗いていた子次郎は、

(なんとか懐剣を取り戻す術はないものか)

と思案した。

壱行は、なにを思いついたか、僧衣を脱ぎ捨て、行衣に着換えた。

(おや、あやつ、殊勝にも滝行をなすか)

と思うところに、

「壱行様、お呼びでございますか」

と十五、六の小坊主が姿を見せた。

「ひと仕事前にな、そなたとな」

「は、はい、御坊様」

と隣部屋に向かった二人の間から卑猥な声が漏れてきた。

「おやおや、壱行め、女より小坊主が好みかえ」

と呟いた子次郎は天井板を一枚外すと、懐から鉤(かぎ)のついた紐を垂らし、壱行が脱ぎ捨てた僧衣の襟を引っかけて、するすると天井裏に引き上げていった。子次郎が睨んだとおり、僧衣の袖の中から錦の古裂の袋に入った懐剣が姿を見せた。

(よし、取り戻した)

胸のなかで快哉を叫んだ子次郎は懐剣を懐に入れると、僧衣をふたたび最前壱行が脱ぎ捨てた座敷へと吊るし下ろした。

未だ隣座敷からは淫らな快楽の声が響いていた。

江戸芝口橋際の久慈屋の店先にお馴染みの女衆が立った。

老中青山忠裕の密偵おしんだ。

「おや、おしんさん、なんぞ旅先でございましたかな」

と帳場格子の大番頭観右衛門が言った。

「いえね、格別な用はございませんが、朝だというのにこの暑さです。喉が渇きましたので久慈屋さんでお茶を馳走していただけないものかとお邪魔いたしました」

「お茶ですか、容易いことです。私もそろそろお茶の刻限とは思いましたが、相方もいらっしゃいませんしな、どうしたものかと考えていたところです」

と応じた観右衛門が店座敷におしんを案内した。

「日野宿から早飛脚にて私宛に文が到着いたしました」

といきなりおしんが言った。

「赤目様でしょうな」

「はい」

「この間の一件はすでに決着がついたと聞いておりますが」

「別件でございましてね。こちらにも関わる話ゆえ私の一存で参りました」

お鈴が茶菓を用意して来て、

「あら、おしん従姉(あね)ではございませんか」

と声をかけたが、二人が固い表情なのに気づくと手早く盆の茶菓を供し、

「お邪魔しました」

と店座敷を早々に辞去していった。

「大番頭さん、こたびの紙納めには、七百両の大金が隠されていましたね」

「それはおしんさんもすでにご存じではありませんか」

「はい、承知です。それとは別件です」

「と、申されますと」

「高尾山薬王院有喜寺で先代貫首の血筋の者が、ただ今の貫首の山際雲郭師に盾突いて、反貫首派を組み、久慈屋さんが用意された金子もあちら側の手に落ちたそうな」

とおしんは前置きし、小籐次が日野宿の旅籠にて認めた書状が早飛脚で筋違(すじかい)御門の青山邸に昨夕届いたこと、その文を読んだおしんは即座に、老中青山忠裕に面談したと、経緯を告げた。

「なんと、薬王院にさような災いが降りかかっておりますか。で、ご老中のお指図はいかがですかな」

「一言で申すならば、『赤目小籐次に任せよ』との仰せでございました」

「厄介ごとの始末はすべて酔いどれ小籐次様ですか」

「と、申されますが、これが表沙汰になると、『久慈屋も金貸しをやっておるか』と言い出される寺社奉行が出てこられますよ」

「おしんさん」

と言ったきり観右衛門も言葉を失った。

長い沈黙のあと、

「寺社奉行の丹後宮津藩藩主松平宗発様と早々に話し合われた末に、下久保惣祇様と申される松平様付の寺社奉行吟味物調役が早馬にて高尾山に向かわれました」

「寺社奉行松平様は最前おしんさんが口にされた『赤目小籐次に任せよ』との言葉に賛意を示されなかったのでしょうか」

「いえ、そうではありますまい。なにが高尾山で起こっておるか、寺社奉行吟味物調役を急ぎ派遣されて確かめられる心算でしょう」

観右衛門は寺社奉行が将軍直属の役職であり、五万石から十万石の譜代大名が補職されることを知っていた。とはいえ、江戸府内に限らず関八州の寺社を支配する職は、そう容易いものではない。そこで新任の寺社奉行の仕事が円滑に進むように評定所より専門の役人を派遣した。それが吟味物調役だ。

寺社奉行松平の信任を得ている下久保惣祇が派遣されたということは、

「公にする事案かどうかを確かめる」

ということであろう、と観右衛門は思った。

「おしんさん、私ども久慈屋は下久保様と赤目様の高尾山での談合の結果を待つことになりますか」

「ただいま江戸で動くのは、障(さわ)りがありこそすれなんの益にもなりますまい」

とおしんが言い切り、さすがの観右衛門も得心するしかなかった。

四

久慈屋の荷運び一行は、桃井道場の年少組も加わっていることもあって、ようやく薬王院有喜寺へ向かう道程の中ほどに差し掛かっていた。

道は狭く、未だ長雨の影響でぬかるむところもあった。険しい岩だらけの山道が続いた。

二度目に休んだとき、祥次郎が駿太郎に尋ねた。

「薬王院はまだだよな」

「祥次郎さん、私も初めてなのでなんとも答えられません」

それを聞いて車力の左吉が、

「若様よ、ちょうど半分に差し掛かったところよ。だがな、安心しちゃあならねえぞ。これから山道は険しくなるからよ」

と駿太郎に代わって答えてくれた。

「そうか、中ほどか」

「祥次郎さん、荷を少し下ろして下さい」

「どうするんだよ」

「私の背負子に積み替えます」

「駿太郎さんはおれの三倍も背負っているのだぞ。大丈夫、なんとしても最後までおれの分は運んでいく。途中からさ、駿太郎さんに運んでもらったんじゃ、おれ、八丁堀に戻れないよ。死んでも運んでみせる」

と祥次郎が言い切った。

「よしよし、その意気だ」

左吉が祥次郎の覚悟を褒めた。

そのとき、駿太郎は久慈屋一行を殺気の籠った視線で見張る者たちの気配を感じていた。するとそこへ岩代壮吾が後方から歩み寄り、

「駿太郎さん、妙な感じがしないか」

「どうやら尾行がついているようです」

「国三さんとも話したが荷運びの行列を出来るだけ短くしたほうがよくないか」

「修験僧の方や車力の親方と相談してください」

「それがしはこれから先頭に立つ」

「それがいいと思います」

「なんぞあったら、駿太郎さんは後ろの警護を願おう」

壮吾が行列の先頭へと向かった。すると祥次郎が、

「兄者め、弟のおれにはなにも声をかけなかったぞ」

と文句を言った。

「やはり声をかけられないと寂しいですか」

「がみがみ言われても腹が立つけど、こう弟をないがしろにしているのも腹が立つぞ」

「壮吾さんは祥次郎さんの頑張りをちゃんと見ていますよ」

駿太郎が言ったとき、先頭から壮吾の声が響いた。

「出来るだけ行列の間を詰めて、出立するぞ」

との言葉に最後尾から国三が、

「承知しました」

と応じた。

これまでより人と人の間合いを詰めた荷運び行列が薬王院に向けて出立していった。

「駿太郎さんよ、猿山と呼ばれるなんの木だか知らない、何百年ものの大きな老木がでんと聳(そび)えたところがある。なんぞあるとすればあそこだな」

壮吾と駿太郎の問答で何かを察した左吉が言った。

「その猿山までどれほどかかりましょうか」

「四半刻だな、ゆったりとした歩みだからよ」

車力たちは桃井道場の年少組の足の運びに合わせていると告げた。

駿太郎も壮吾も飛び道具に不意を突かれることを恐れていた。だが、いまのところその気配はなかった。やはり左吉がいう高尾山を何百年にわたり見詰めてきた古木のある猿山が反貫首一派の待ち受ける場所だろうか。

「駿太郎さんよ、なんぞ面倒が待ち受けているのか」

年少組の頭の繁次郎が駿太郎の傍らにきて質した。

「どうやら私どもの荷運びを見張っている一団があるようです。繁次郎さん、年少組には繁次郎さんから注意をしてください」

「注意をしろってどうすればよい」

「もし相手方が私どもを襲うとすれば猿山だろうと左吉さんは見ています」

「猿山はな、山道の幅が広くなって平らな場所なんだよ、そこへ大きな老木が枝葉を広げて見下ろしている。その先から急な坂道、最後の難所が待ち構えているぞ」

駿太郎の言葉を左吉が補った。

「年少組は固まって下さい。もし背に負っている荷を下ろすときは壮吾さんから命があると思います」

「よし、皆に伝える」

繁次郎が下がっていくのを見ながら、

「駿太郎さんよ、江戸を出るとき、こんな話はなかったよな」

と祥次郎が言った。

「はい、ありませんでした。おそらく父も知らなかったと思います。だけど、旅に出ればいろいろなことが降りかかってきます。それにどう対応するかが、桃井道場の年少組の私たちに問われています」

「駿太郎さんはえらく落ち着いているな。こんなことはいつものことだって、なれているから驚きもしないのか」

「いえ、なれているわけではありません。でも、父上といっしょに旅すると、あれこれと騒ぎが必ず降りかかってきますから致し方ないのです」

「ふーん。この脇差を抜くことになりそうか」

「祥次郎さん、慣れぬ本身の脇差より金剛杖のほうが麓別院の稽古で使いなれていますよね。なにかあれば荷を下ろして金剛杖で自分の身を守ってください」

「よし、そうする」

駿太郎は旅に出て年少組の面々が少しずつだが、自分の置かれた立場を理解してきたことを確信していた。そして、いま新たな試練が待ち受けていると思えた。

久慈屋の一行を狙う連中は前方と後方の二手に分かれて段々と間合いを詰めていた。

そんな気配を察したか、山猿の群れがきゃあきゃあと自分たちの存在を誇示するように吠えた。

次の瞬間、猿の声とは異なる咆哮が山道に響きわたった。

駿太郎はその咆哮の主がだれか分かった。それにしても山道の樹間から聞こえてきたのが不思議だった。

祥次郎が辺りを見回して木の上の猿の群れを見たが、もはや悲鳴を上げることはなかった。

「駿太郎さんよ、そろそろ猿山に近づいてくるぜ」

と左吉が教えた。

駿太郎は木刀を手に最後尾に行きながら、

（父上が見守っている）

ことを確信した。

むろん赤目小籐次ともあろう者が久慈屋の御用や桃井道場の年少組の一行を見捨てて江戸に戻るはずがないことは最初から疑っていなかった。小籐次が姿を見せないのは、曰くがあるのだと、思っていた。

年少組の最後尾に十四歳の清水由之助が緊張の顔でいた。

「駿太郎さんよ、武者ぶるいってこんな感じか」

「さあ、私、武者ぶるいをこれまで感じたことがないと思います」

「修羅場を幾たびも潜った経験があるから、駿太郎さんは落ち着いているよな」

「いつもそんなときは傍らに父がおりましたからね」

「そうだよな、天下一の武芸者がすぐそばにいたら武者ぶるいをする暇はないよな。だけど、ここには赤目様はいないぞ」

「姿が見えないだけかもしれませんよ」

と応じた駿太郎は、こたびの道中は父が積極的に手出しをせずに、岩代壮吾や桃井道場の年少組などに経験を積ませようとしているのだと気付いた。

「そうだといいけどな」

由之助が応じたとき、前方から壮吾の声が響き渡った。

左吉の推量どおり猿山附近で一行の先頭が危難に見舞われたらしい。

猿山には樹齢何百年もの杉林があった。その杉林の中に一本の橅(ぶな)の古木が杉林と猿山の広場を覆うように立って、辺りを睥睨(へいげい)していた。まるで高尾山の山道の主のような貫禄だった。

この橅の大木に野猿の群れが集っていた。

駿太郎は、

「一同、荷を下ろして固まるのだ」

という壮吾の声を聞きながら、背後から十人ほどの剣術家くずれの浪人たちが頭に鉄片を縫い込んだ鉢巻きをしめて戦闘態勢をとって襲いくる姿を見た。なかにはすでに刀を抜いているものもいた。

「薬王院に運ぶ荷を置いて立ち去れ、ならば命だけは助けてやろう」

と相手方の頭分が叫ぶ声がした。

久慈屋一行は猿山の橅の巨大な根元にかたまり、急ぎ背の荷を下ろすとそれぞれが金剛杖を構えて応戦態勢をとった。

駿太郎は木刀を構えて背後から襲いきた敵と対峙した。そのなかに僧侶が一人加わっていた。

反貫首派の頭分、壱行僧侶頭だろうと、駿太郎は考えた。

「木刀や金剛杖を捨てよ。頼りの赤目小籐次は高尾山にはおらぬ、そなたらを見捨てて江戸に戻ったわ」

と警告を発した。

「いえ、父上が私どもを見捨てるなどありえません」

駿太郎の返答は毅然としていた。

「おまえが赤目小籐次の倅か」

「いかにもさようです」

「先生方、酔いどれ小籐次の代わりに倅のあやつを叩き斬ってくだされ」

と壱行が用心棒らに命じた。

「子どもが相手ではいささか不足だが致し方あるまい。昨夜の火付けの仕返しだ」

と念押しした壱行一派の用心棒侍の一人が抜き身を構えて駿太郎に迫った。

駿太郎も相手との間合いを詰めた。

猿山は山道の幅が膨らんで平地になっていた。だが、相手は未だ猿山下の山道にいた。

駿太郎は坂上を利して間合いに踏み込みながら斬り込んでくる相手の刀をはじき横手から一気に肩口に木刀を叩きこんだ。

げえっ

駿太郎の連日の素振りで鍛えた木刀の速さについていけず、相手はその場に突っ伏して倒れ込んだ。

駿太郎はいったん下がった。

「やった」

と嘉一が叫んだ。

「先生方、しっかりしないか。形は大きくとも相手は子どもじゃぞ」

と壱行が叫び、

「おおっ」

と呼応した三人が抜き身を下げて木刀を正眼に構え直した駿太郎に迫った。

前方でも岩代壮吾が金剛杖を構えて、

「江戸はアサリ河岸、鏡心明智流桃井道場の岩代壮吾が相手いたす。いずれなりとも死にたき者はかかって参れ」

と応ずる声がして、

「岩代さんよ、車力の八重助も助勢しますぜ」

と同じく金剛杖を構えた気配がした。

そのとき、猿山の頭上からなじみの音が響くのを駿太郎は聞いた。

竹トンボが櫟の古木の若葉の間から飛んできて、三人がかりで駿太郎に斬りかかろうとした一人の用心棒侍の顔を、

さっ

と鋭く尖らせた竹の先端が斬り裂いていった。

あっ

と悲鳴を上げて立ち竦んだ用心棒侍の仲間二人もなにが起こったかと注意を一瞬駿太郎から逸らした。

その瞬間を駿太郎が見逃すはずもない。一気に間合いを詰めると動きを止めた二人の胴を叩き、さらに木刀を翻すと刀を手にした腕を襲っていた。

三人が一瞬にして戦闘不能になった。

「父上、ご助勢ありがとうございました」

駿太郎は櫟の重なりあった葉群を見上げた。

折しも猿山に風が吹き抜けた。

すると枝に座った猿の群れのなかに赤目小籐次が混じり、破れ笠から抜いたもう一本の竹トンボを手慣れた手技で飛ばした。小籐次の悠然とした態度はまるで猿の群れの頭分のようだった。いや、猿たちも小籐次を仲間と信じている様子だ

った。そして、もう一人、駿太郎らの知らない若者が猿たちの群れの中に控えていた。

「ああ、木の上に猿の親分がおるぞ。あれ、赤目小籐次様と似ておるぞ」

「祥次郎、あれは本物の酔いどれ小籐次様だ、駿太郎さんの親父様だぞ」

と嘉一が言った。

「えっ、猿の親分が赤目小籐次ということは駿ちゃん、猿の兄弟か」

「それはなんともいえないが、猿の群れの大親分は酔いどれ様だよな」

と吉三郎が二人の問答に加わった。

その間にも二本目の竹トンボが橅の枝の間を巧みに抜けて虚空に出ると、大きな弧を描くように飛んで、岩代壮吾に斬りかかろうとした一人の浪人者の頬を撫で斬った。

ああー

とこちらからも悲鳴が上がった。

「ああ、酔いどれ小籐次様だぞ」

「江戸になんか戻ってねえよな」

と車力たちも小籐次を認めて、喜びの声を上げた。

「いや、わしは江戸へ向かう途中、ちょいとな、高尾山に立ち寄っただけよ。三太郎の案内でな」

と小籐次が応じ、猿の群れに囲まれて枝に跨る、元万時屋の奉公人の三公こと三太郎を振り向いた。

「おい、見なよ。酔いどれ様はよ、まるで高尾山の猿の頭分のようだぜ」

「人間、あの歳になると猿たちもよ、自分たちの仲間と見なしたかね」

車力たちがてんでに勝手なことを言い、

「それ一気に叩きのめせ」

と俄然気勢を上げた久慈屋の一行が反撃に転じて、二手に分かれた用心棒たちが浮足立った。

一気に不利になったのを見た壱行僧侶頭がそっと猿山から崖下の藪へと逃げ込もうとした。

「壱行僧、ひとりだけ逃げてどうする気か」

小籐次が破れ笠にはさんでいた三本目の竹トンボを両手で捻り、虚空に舞わせた。日野宿に向う道中、いくつかの竹トンボを小籐次は新たに造っていた。

橅の若葉を切り落としながら一直線に飛んだ竹トンボが壱行僧の足首に斬りつ

けて藪に転がした。

「左吉さん、あの者を縛る縄はありませんか」

「駿太郎さんよ、縄ならいくらでもあるぜ」

　と言いながら自分の背負子から使い込んだ麻縄を外して駿太郎に差し出し、

「駿太郎さんよ、おまえ様の親父様は、わっしらと同じ人間かえ、それとも高尾山の猿の大親分かえ」

　と倅に確かめた。

「さあて、どうでしょう。父上はさる大名家の下屋敷厩番を務めていたときは、布団で休むより馬小屋で寝ていたときが多いと言っていました。猿は、そんな父上を仲間と思い込んでいるのではないですか」

　と答えた駿太郎に、

「駿ちゃん、早く縄を持ってきなよ。こいつ、逃げ出そうと考えているぞ」

　と祥次郎が言った。

「はい、今行きます」

　腰に孫六兼元を差し、麻縄と木刀を持った駿太郎が、崖下の藪で桃井道場の年少組五人に囲まれ金剛杖を突き付けられて震える壱行僧のもとへと飛んでいった。

「よし、お立ちなさい」

と駿太郎が命じた。

「駿太郎さん、こいつ、悪人だよね。だったらそんな優しい言葉をかけてもダメだよ。『やい、きりきりと立ちやがってお縄を頂戴しねえ』っていうんだよ」

と繁次郎が言い、金剛杖で脇腹を小突いたので壱行僧が顔を歪めて立ち上がった。

「よし」

と駿太郎が麻縄で縛ろうとするのを見て、

「駿ちゃん、そんな手付きじゃ捕り縄にならないよ。いいか、こうするんだ」

と由之助が壱行僧の腰に縄を巻くと、

「後ろ手にしねえ」

と命じて、あっという間に両手を後ろに縛りあげた。

「おお、由之助さん、すごいね」

駿太郎が手並みの鮮やかさに感心し、

「八丁堀の子どもの遊びの一つだよ、捕り縄ごっこがさ。おれたちが駿太郎さんに敵(かな)うものが一つ見つかったぞ」

と嘉一が満足げな顔をした。

「おい、おめえさんら、いつまで遊んでいるんだよ。薬王院にはまだひと歩き残っていますぜ」

車力の親方が桃井道場の年少組六人を呼んだ。

猿山には壱行僧の用心棒は一人としていなかった。

橅の巨きな根元で国三と八重助らが再び背負子を負い、木から下りた小籐次と壮吾の二人のところへ祥次郎に縄を引かれた壱行僧がよろよろと上がってきた。

「あれ、こいつの子分たちがいないぞ」

「祥次郎、あの者たちはただ金に目が眩んでこの者と親父に使われていたのだ。一々高尾山から横山宿の番屋に連れていくなど面倒だ、こたびは解き放ってやったのだ」

と壮吾が弟に言った。

「兄者、こやつも放すのか」

「この者と横山宿の万時屋悠楽斎の親子二人を手ぐすね引いて待っておられる方がいるそうだ」

と壮吾が小籐次から聞いた話を告げて、壱行僧侶頭の顔が真っ青に強ばった。

小籐次は日野宿から老中青山忠裕の密偵おしんと中田新八に宛てて、高尾山薬王院の貫首の地位が絡んだ一件に関して知るかぎりの経緯を克明に書状に認め早走りの風吉に託して送った。となれば老練な密偵のふたりが主の青山忠裕に知らせることは間違いない。

寺社奉行は将軍の直属であった。だが、老中青山が、寺社奉行とこの一件で内談し、寺社奉行も直属の配下の者に事実を探索させるであろうことが、小籐次には予測できた。

第九章　琵琶滝水行

一

子次郎は薬王院有喜寺の宝物殿の戸口に二人の反貫首派の修験僧が厳重な見張りについているのを高い天井の梁(はり)から見下ろしていた。

見張りは退屈していた。

「そろそろ壱行様が戻ってこられてよい刻限ではないか」

「久慈屋の荷運び方には子どももいるという話だ。山登りにときを要して待ち伏せの猿山に辿りつくのが遅くなっているのではないか」

「ともかくただ今の雲郭貫首のもとではわれらは冷飯ぐい、なんとか壱行師の力で日の当たる職務に就きたいものじゃ。小仏峠、陣馬山と裏高尾の山歩きの修行ばかりではいくら修験者というてもうんざりじゃでな」

と同じ繰り言を重ねていた。

山修行で鍛えた足腰はしっかりとしていたが、僧侶としては考えが未熟だった。

そんなやり取りを薬王院の建物の奥にある宝物殿の梁の上で聞いた子次郎は、梁に結んだ細引きを伝って気配もなく二人の修験僧の頭上へと滑りおりていった。

そして、途中から片手一本にして身を支えると、懐から帆布で拵えた筒状の袋をもう一方の手で取り出した。筒状の袋にはびっしりと砂が詰められていた。

「なんの音かのう」

「音がしたか」

「おお、なんぞ滑っているような音が」

と言いかけて頭上を見た一人の修験僧の後頭部に砂袋が叩きつけられ、うっ、と呻き声を発して倒れ込んだ。

「な、なんだ」

と足元に視線をやった二人目の修験僧の首筋に砂袋が再び翻り、宝物殿の前であっけなく崩れ落ちた。

子次郎にとって奇襲はお手のものだ。体は小さいが幼いころから柔軟にして機敏だった。気を抜いた二人の修験僧を失神させるなどいとも容易いことだった。

久慈屋の一行が猿山付近に差し掛かり、反貫首派の用心棒らに襲われる刻限だった。だが、山登りの一行を赤目小籐次が見守っているのだ。

案ずることはないと確信して雲郭、昌右衛門の二人の救出を考えたのだ。見張りの腰から宝物殿の扉の鍵を外すと頑丈な錠前に差し込んで開いた。

扉をひらくと淀んだ雲気が子次郎の鼻孔をついた。

小さな灯りが宝物殿を照らしていた。

その灯りを手に奥へと入っていくと、薬王院の貫首山際雲郭と紙問屋久慈屋昌右衛門の二人が子次郎を見ていた。

「ご苦労をおかけ申しました」

という声音に昌右衛門は、突然姿を見せた人物が小籐次に懐剣の手入れを頼んだ子次郎だと気付いた。

江戸からの道中でも幾たびか小籐次と接触していたから、見間違えようはなかった。

「子次郎さんと申されましたかな」

「へえ、子次郎にございます」

「赤目小籐次様は江戸に戻られたと聞かされましたが真ですか」

「へえ」

「またどうして」

「わっしが研ぎを願った懐剣を壱行って僧侶に盗まれましてな」

「承知しております」

雲郭が答えた。

「貫首様、ご安心なさってくださいな」

「どういうことですかな」

「経緯を申し上げますと、壱行なる僧侶頭が懐剣を返してほしくば高尾山を下りて江戸へ戻れと赤目小籐次様に命じられましたのでな、形ばかり日野宿辺りまで酔いどれ様は引き返しましたが、壱行の親父、万時屋悠楽斎の手下で赤目様の見張りとして同行した三太郎といっしょにすでに高尾山に戻っておられますよ。はい、裏高尾の郷で生まれ育った三太郎はこちらの檀家さんでございましてな、ただ今は酔いどれ様の味方です」

「おお、それは心強い」

と応じた昌右衛門が、

「うちの荷運びの連中は無事でございましょうな」

「そろそろ薬王院に辿りついてもよい刻限ではございませんか」

「では、迎えに出ましょうかな、雲郭様」

との昌右衛門の誘いに、

「叔父の宗達の忠言は確かにございましたな。赤目小籐次様は頼りになるお方です」

と応じた雲郭貫首が、

「壱行に盗まれた懐剣はどうなりました」

「懐剣ですかえ、小坊主相手にいちゃいちゃしている壱行の衣からわっしが取り戻しました」

「なんとまあ、赤目様の周りには異才が集まっておりますな」

「へえ、後ほどわっしから赤目様に改めてお渡しします」

「ならば久慈屋さん、安心して荷運び一行を迎えに参りましょうかな」

と雲郭が立ち上がった。

久慈屋一行は、薬王院有喜寺の門前に到着していた。

雲郭貫首と昌右衛門の二人が、

「ご苦労でしたな」

「ご一統さんに怪我などございませんかな」

と出迎え、

「雲郭様、旦那様、こちらに納める紙も私どもも何一つ欠けておりません」

と国三が答えていた。

「おや、赤目様はどうなされた」

「最前まで一緒でしたが、江戸から参られたお方を迎えると麓別院まで戻っていかれました」

「なに、江戸からどなたか参られますか」

と昌右衛門が答え、

（そういえば子次郎さんは）

と辺りを見回したが子次郎も忽然と姿を消していた。赤目小籐次といい、子次郎といい、なんとも神出鬼没の時を過ごしていた。

雲郭は、荷運びの最後に縄で縛られた壱行の姿を見て、

「情けなや、高尾山薬王院有喜寺の僧侶頭ともあろう者がなんという姿です。後

ほど厳しい沙汰を命じます」

と言葉を発すると、壱行は顔を下げたまま、

「親父が必ずこのお返しをする」

と小声で言い放った。すると国三が、

「貫首様、万時屋悠楽斎と壱行親子の始末をつけるのは、しばしお待ちくだされ。赤目様が麓に下りられる前に、江戸から参られるご仁と相談したいゆえ、と言い残していかれました」

「江戸からのお方が薬王院の醜聞になんぞ関わりがございましょうかな」

と雲郭が案じた。

「貫首様、赤目様の言動がこの薬王院に悪しき結果を招くとは思いません。赤目様のお戻りを心隠やかにお待ちになってはいかがでございましょう」

と昌右衛門が言い、

「どうか江戸から運んできました品をご点検の上、護摩焚きにて浄めてくださいまし、お願い申します」

「おお、そうでした」

と雲郭は指示し、修験僧や車力や桃井道場の年少組の力で運び上げられてきた

荷が本堂へと最後の道程を運ばれていった。

「祥次郎さん、嘉一さん、吉三郎さん、よく頑張って最後まで運んでこられましたね」

と駿太郎が年少組の十三歳仲間に言った。

「おお、駿太郎さんさ、おれ、最後までだれの手も借りずに運んできたぞ」

と祥次郎が胸を張った。

「祥次郎、おれたち、たった五、六貫の荷を運び上げただけだぞ。三倍の重さを運んだ駿太郎さんとはえらい違いだよ」

と嘉一が言った。

「いえ、軽くとも重くとも自分が運べると思った荷を薬王院まで担いできたことが大事なのです」

「そういうことだ、祥次郎」

と十三歳組の会話に壮吾が入ってきた。

「結局、一枚の紙も運ばなかったのは、この岩代壮吾だけであったな」

と自嘲したように壮吾が呟き、

「岩代様は荷運び隊の警護方ですからね、役目が違います」

と国三が応じたものだ。

「いや、それがし、祥次郎がいつダメだと言い出すのではないかと、案じることが先でな、警護方の役目を果たしたかどうか」

「壮吾さんがいたからこそ、私ども薬王院有喜寺のこの本堂まで怪我もなく運んでこられたのですよ」

と駿太郎が壮吾に告げた。

「ともかく、よう弟らを励まして最後まで仕事をやり遂げさせてくれた。兄のそれがし、弟に代わり駿太郎さんに感謝いたす」

「だれが兄者に礼を言うてくれなどと頼むものか」

と文句を言った祥次郎だが、なんとなく兄をこれまでとは違った眼差しで見ていた。

本堂に江戸からの紙束が積み上げられ、護摩木が焚かれて、雲郭貫首の読経が始まった。紙運びに参加した修験僧、車力、桃井道場の年少組も神妙な顔をして読経に和する者、聞き入る者と、荷を負っての山登りの辛さをそれぞれが思い起こした。

長雨で御用旅が予定をはるかに越して延びた八重助親方ら車力組の十四人は、

このあと、山を下って薬王院の麓別院に戻り、最後の一夜を過ごしたあと、明朝七つ立ちで江戸へ戻ることが決まっていた。昌右衛門と国三主従もまた明朝薬王院麓別院に下ってこの一行に同道して江戸に戻ることになっていた。

駿太郎らはふだん付き合うことがない車力たちを途中まで見送っていった。

「岩代壮吾様、駿太郎さん、長旅でしたがな、わっしらも楽しい道中でございましたよ」

と八重助親方の言葉で、

「帰りの山道、気をつけて」

「江戸で待ってますぜ」

と言い合って別れた。

薬王院へと戻りながら、嘉一が、

「駿太郎さん、おれたち、いつ江戸へ戻るんだ」

と尋ねた。

駿太郎は壮吾を見た。

「それがし、なにも赤目様から聞いておらぬぞ。駿太郎さんは父上の考えをよう承知であろう。どうなるな、われら」

「父上は琵琶滝の研ぎ場で懐剣の研ぎをなさねばなりません。私どもは荷運びの手伝いでしたから、もはや御用は終わりました。昌右衛門様方に明朝同行して、八重助親方がたといっしょに江戸に戻ることもできます。戻りたいですか」

と駿太郎が一同に問い返した。

「そうだな、一応御用はやり遂げたけどな、なんとなく物足りない気もするな」

と年少組の頭の森尾繁次郎が言った。

「だってさ、駿太郎さんの親父様と旅をしてきたんだぜ、その赤目様を琵琶滝とやらの研ぎ場に残して、おれたちだけ江戸に戻るのか」

と同じ十四歳の清水由之助も繁次郎の考えに同意を示した。

「だからさ、赤目様と駿太郎さん親子と一緒に江戸に帰ろうよ」

と嘉一も言った。

「赤目様の懐剣の手入れはどれほどかかるな」

「父上の気持ちさえ定まれば四、五日ほどで仕上げられると思います」

「そうだな、それがしの刀の研ぎも二日ほどで手入れして頂いたからな。いくら相手が相州五郎正宗といえども刃渡り五寸余の懐剣じゃぞ、丁寧に手入れをされたとしても四、五日で終わろう。われら、その間、薬王院で修行をなすか」

「兄者、修行よりなにか楽しいことはないか」

　と祥次郎が文句をつけた。

「高尾山山中の真言宗の寺じゃぞ、楽しいことなどあろうか」

　と弟に言い返した壮吾に、

「壮吾さん、私どものいる高尾山薬王院有喜寺は修験道の場でもあると父に聞かされました。天気も回復しました、明日から富士山を拝み『慚愧(ざんぎ)、懺悔(ざんげ)、六根(ろっこん)清浄(しょうじょう)』を唱えながら、山内にあるという十勝や修験道を巡りませんか。そうすれば、父上の懐剣の手入れも終わっているでしょう」

「えっ、荷運び修行が終わったら、こんどは修験道を走りまわるのか」

　と祥次郎が愕然とした。

「祥次郎はほっておいて、修験道を体験しようではないか。かような機会はもはや今後あるまい」

　と壮吾が言い切った。

「ああー」

　と祥次郎が言ったが、どこか諦めた様子でもあった。

そのとき、小籐次は薬王院麓別院で、寺社奉行松平宗発付の、吟味物調役と面会していた。江戸から伝馬宿で馬を乗り換えながら高尾山の麓別院に到着した下久保は、三十代半ばか、働き盛りだった。とはいえ、江戸から一気に早馬を乗り継いできたのだ、顔には疲労の色も見えた。

「ご足労でござった。それがし、赤目小籐次と申す」

「赤目様、お名乗りにならずともわれら公方様に仕える直参旗本のだれ一人として、そなた様の武名と尊顔を知らぬ者がありましょうか」

と応じた。

「それがし、そなたとどこで会うたか、近ごろ歳のせいか物忘れがひどくてな」

「いえ、直にお会いしたことはござらぬ」

と応じた相手が寺社奉行吟味物調役下久保惣祇と改めて名乗った。

「下久保どのか、と申されると」

「過日、白書院でそなた様とご子息の武芸を松平宗発様の従者として拝見した一人にござる」

「なに、あの大道芸の如き見世物を見られたと申されるか、お恥ずかしきかぎりでござる」

と応じた小籐次は、

「寺社奉行松平様の命あらば、お伺いいたそうか」

「いえ、松平様の命は、一言でござってな。こたびのこと、『赤目小籐次に任せよ』との指示にござった」

「それは恐縮至極」

ということは日野宿の勝沼屋で認めた文がおしんの手を経て老中青山忠裕に渡り、その意を察して寺社奉行松平と相談したということであろう。

「下久保どの、高尾山薬王院有喜寺を見舞っておる内紛は、先代貫首の山際宗達様の若き日の過ちが遠因でござってな」

と前置きした小籐次は現貫首派と、薬王院を金儲けに使おうと企てる反貫首派の対立を事細かに告げた。

「なんたる醜聞にござるか。高尾山薬王院にさような腹黒い鼠が巣くっておりまするか」

と言った下久保が、

「で、赤目様はどうなさるおつもりかな」

と質した。

同じ刻限、琵琶滝で子次郎が水行をなしていた。

壱行から取り戻した懐剣を赤目小籐次にいったんは返すことにした。すると小籐次が、

「子次郎どの、そなたに借りができた。なんぞ埋め合わせをせねばな」

「赤目様、わっしの見るところ懐剣に傷がついたり、汚れがあったりする様子はございませんや。それに手入れがなされた菖蒲正宗ではありません。赤目様が手入れをなさるのはこれからでございますよ。一時他人の手にあっただけの話」

「とは申せ、失態は失態」

「埋め合わせをと申されるなれば、一つお願いがございます」

「ほう、いかなる願いかな」

「赤目様は仕上研ぎまで高尾山の琵琶滝の研ぎ場でなさり、拭いの作業は江戸に戻り、望外川荘でなさる算段でございましたな」

「おお、そう考えておったが。なにしろ長雨にて後手後手にまわり、未だ下地研ぎすらできておらぬ。いや、その菖蒲正宗を研ぐ気持ちになっておらぬ。で、そ

なたは、注文があるのかな」

「へえ、わっしは手入れに関して赤目様に注文をつけるなど、大それた考えは持っておりませんでした。ですがね、琵琶滝の研ぎ場を見たとき……」

「拭いまでなせというか」

「へえ」

「そなたの気持ちは分かった。じゃが、金肌(かなはだ)拭いの道具も、最後に棟(むね)と鎬地(しのぎじ)に磨きをかける道具も、こちらにな、携えてきておらぬ。研ぎ場にあれこれと砥石はあるが、拭いの道具はないのだ」

「へえ、わっしが用意した拭いの道具でよければ、赤目様の宿坊にこの菖蒲正宗といっしょに置いておきますぜ」

「なんと手回しのよいことよのう」

「やっていただけますか」

しばし間を置いた小籐次が、

「そなたの注文を聞くとして、こちらからも注文がある。わしが懐剣の研ぎを始める前に聞いてはくれぬか。ふだん、かような注文をつける赤目小籐次ではないがな」

「承知いたしました」

「わしの注文が分かったか」

「へえ」

と子次郎が即答したものだ。

そんなわけで小籐次の宿坊に懐剣と拭いの道具を置いた子次郎は独り水行で身を浄めたのだ。

二

一方小籐次と三太郎は、横山宿から裏高尾へと向かう山道に神輿をすえて一刻半（三時間）が過ぎようとしていた。だが、壱行の父親、横山宿で養蚕・絹物扱いの表看板を掲げながら、夜の博奕稼業で生計を立てる万時屋悠楽斎と配下が姿を見せる様子はなかった。

「酔いどれ様よ、ちいとばかり遅いな」

すっかり小籐次の手下になった口調で三太郎が懸念の声を上げた。手には杣弓を握っていた。
「甲州道中に押し出す勇気はあるまい。そなたが幾たびも使いに出されたという
この裏高尾の山道を、万時屋が承知ならば、必ずこの道を選ぼう」
「酔いどれ様はえらく落ち着いているな。おれの推量が間違っていたらえらいこ
とになるぞ」
「と申して今更麓別院からの山道に戻るわけにもいくまい。人間という生き物は
な、慣れた方策を選ぶものよ」
「そうかねえ」
　と三太郎が首を捻った。
「そのほうが、万時屋の親分は、必ずこちらに押し出すというた道じゃぞ。もう
しばらく待ってみぬか」
　小籐次は、最前から竹トンボを新たに作っていた手を止めて、破れ笠に差し、
貧乏徳利に残った酒を茶碗に注いだ。もはや茶碗を七分ほど満たす酒しか残って
いなかった。
「酒にも見放されたか」
　と小籐次が呟いたとき、流れのせせらぎと重なって馬のいななきが聞こえてき

た。

「ああ、親分が伝馬宿に預けてあるアカだ」

「ほう、そなた、馬のいななきが聞き分けられるか」

「裏高尾なんて郷に住んでみな、人より馬や牛や番犬とかが大事なんだよ。おりゃ、親分からおれの給金をもらったら、鶏や兎を買うな」

　と三太郎が言った。

「ついでにどうだ、馬を飼っては」

「酔いどれ様、馬は高いぞ。親分がおれにこれまでの給金をいくら支払ってくれるか知らないが馬は無理だな」

「そなたのこれまでの給金は三十両近いというたな」

「十一年分だからな、だがよ、親分はケチの上に強欲だ。おれの給金の半分ほどしか渡すめえ。馬を購うのは無理だ、贅沢だぞ」

「馬はすでに一頭おるではないか」

「どこによ」

「親分が乗っておるアカだ」

「え、アカを親分がくれるかね」

「これからのなりゆき次第じゃな」

小籐次がいうところに寺社奉行松平付の吟味物調役下久保惣祇が姿を見せた。

「赤目様、総勢十五、六人といったところかね」

と平然とした声音で言った。

「こたびの道中では若い衆に働かせて、わしはなにもしておらんでな、少しは体を動かさんと申し訳が立つまい」

と小籐次が茶碗に残った酒を飲みほし、

「下久保どの、話し合うたとおりでよいな」

と念押しした。

「高尾山薬王院有喜寺の内紛を寺社奉行を通じて公儀にもたらせば、当代の山際雲郭貫首も咎(とが)は免れんであろう、赤目様得意の手を使うしかありませんな。それにそれがし、評定所の一員、ということは赤目様昵懇の老中のどなた様かの支配下ともいえますな」

と下久保が青山忠裕の名を出すことなく、

「赤目小籐次に任す」

と述べていた。

「なんぞ不満があれば聞く耳は持っておるつもりじゃがな」

「聞く耳もなにもこの策でもはや変えようはございませんな」

と下久保がいうところに馬に跨った万時屋悠楽斎ら一行が姿を見せた。用心棒の剣術家崩れに四人ほどやくざ者が混じっていた。

三太郎が慌てて小籐次の後ろに隠れた。

「赤目小籐次、江戸には戻っておらぬのか」

と悠楽斎が喚き、

「いや、戻る道中に三太郎と話し合い、裏高尾を見物に立ち戻ったと思え」

と小籐次が言い放った。

「戯言をいうではないぞ。おおー、酔いどれ小籐次の背に隠れておるのは三公ではないか。なぜ江戸へ酔いどれじじいを連れていかぬ」

と三太郎に質した。

「親分、おれは酔いどれ様と手を結んだのよ。おれのこれまでの給金、このままだと親分は払ってくれそうにないからな」

と三太郎がこわごわとした声で応じた。

「三公、おまえのような半人前に給金じゃと、冗談を抜かすな。三度三度のめし代が給金と思え」

「やっぱり払う心算はねえな」

「ないな。おまえは大めし食らいの上にものの役に立たん、給金など払うばかが
どこにおる」

「岩松には給金を払ったぞ」

「おう、あやつはおまえと違い、賢いでな」

「だが、岩松を追って殺し、給金を取り返したな」

「ほう、それを承知か」

と言った悠楽斎がアカから飛び降りた。

「先生方、こんどこそどんな手を使っても赤目小籐次を叩き殺すぞ」

と懐に手を突っ込み、なんと短筒を手にした。どうやら長崎口か琉球口から入
ってきた異人の使う連発短筒に見えた。

「万時屋悠楽斎とやら、異人の短筒まで所持しておるか」

下久保が驚きの言葉を発し、

「赤目様、もはやこやつの行く末は決まりましたぞ」

と言い放った。

「なに奴か」
「万時屋、それがし、高尾山薬王院有喜寺を監察支配する寺社奉行支配下、吟味物調役下久保惣祇よ。そのほうと倅の壱行の罪咎は明白なり」
「寺社奉行の配下が裏高尾まで出張ってきたか」
小籐次の背後にいた三太郎が、そっと杣弓に矢を番えようとした。
「三公、てめえ、この万時屋悠楽斎に盾突く気か」
と短筒を三太郎に向けた。
その瞬間、小籐次の手が破れ笠の縁にかかり、青竹で造ったばかりの竹トンボを抜くと、気配もなく飛ばした。裏高尾の山道の草を薙ぎ切りながら飛んだ竹トンボが、
ふわっ
と浮き上がると短筒を構えた悠楽斎の手首を、
さっ
と撫で切った。
うあっ
と言いながら短筒を手から落とした悠楽斎に向かって刀を抜き放ち、突進した

のは下久保惣祇だった。慌ててもう一方の手で短筒を拾おうとしゃがんだ悠楽斎に向かって下久保が首筋に鋭い一撃を叩き込んだ。

血しぶきとともに万時屋悠楽斎が前のめりに崩れ落ちた。迅速果敢な技前であった。

「お見事なお手並みにござる」

「天下無双の武人、酔いどれ小籐次様からお褒めの言葉とは欣快至極でござる」

と応じた下久保は悠楽斎が手をかけた短筒を足で蹴って離し、

「どこから手に入れたか知らぬが、この異国の短筒を携帯していただけで、こやつの命はなかった」

と手にとり、銃口を用心棒の一団に向けた。

「わああっ」

と浪人者が叫んだのをきっかけに用心棒侍とやくざ者がちりぢりに逃げ出した。

その場に残ったのは馬のアカだ。

「よしよし、アカ。おれは三の字、新しい飼い主の三公だぞ」

と三太郎が手綱をとると首筋を叩いて落ち着かせた。

「酔いどれ様、親分の革袋が馬の鞍にかかっておるぞ」

「なにが入っておるのだ」

「銭に決まってらあ。わぁ、重いな。昨晩の稼ぎかな」

と言いながら三太郎が革袋を下ろして覆いを開けた。

「おお、何百両もあるぞ、赤目様」

「そなた、十数年分の給金はいくらというたな」

「三十両は欲しいな」

と三太郎が控えめな声音で答え、

「下久保どの、三太郎の給金として、十一年分の奉公代を抜き取ることに目を瞑ってくれぬか。三太郎は、蛇瀧で用心棒どもの隠れ家の山家を焼く折にも功績があったでな」

と小籐次が下久保に願うと、

「三太郎、革袋をこれへ持て」

と命じた。

アカの手綱を引きながら三太郎が革袋を下久保に渡した。

「ほう、あやつが横山宿でこれまで以上の賭場を開こうと思うのも無理はないわ。一晩の稼ぎがこの金子か」

と言いながら革袋に手を差し入れ、適当に摑んで、

「ほれ、そなたの給金じゃ。それがしと赤目様は見ておらぬからな」

と言いながら渡した。

「おお、給金を頂戴したぞ。悠楽斎の旦那、長年お世話になりました」

と山道に斃れ伏す万時屋悠楽斎にぺこりと頭を下げた。

「三太郎、そなたの郷はこの界隈というたな」

「おお、裏高尾の小さな郷だよ」

「ならば旧主の骸(むくろ)の始末をしてくれぬか」

「酔いどれ様、容易いことだ」

と手にしていた小判を懐に突っ込んだ三太郎が、

「アカ、最後に親分を載せておれの郷まで運んでくれ」

と悠楽斎の骸をアカの背に抱え上げて載せた。

「酔いどれ様、おれが手伝うことがあるか」

「ただ今のところないな。いや、もはや万時屋は潰れたも同然、この後始末は下久保どのがなさろうでな、そなたは夢をかなえたのだ。郷で畑を購うてアカといっしょに暮していけ」

「ほんとうにアカはおれの馬でよいか」

「主は身罷ったわ。アカは新しい主が要ろう。そなたが世話をせえ、よい馬じゃでな」

へえ、と嬉しそうに返事をした三太郎が、

「酔いどれ様はいつ江戸に戻るかね」

「薬王院の後始末も下久保どのにやってもらえよう。わしはな、琵琶滝の研ぎ場で懐剣の手入れをする仕事が残っておる。明日から数日は琵琶滝の研ぎ場に籠ることになろう」

「よし、家に落ち着いたらな、酒を持って礼に行くぞ」

「礼などは無用にせよ。村で娘など探して嫁をもらえ」

「村にな、娘がおったかな」

と応じた三太郎の顔になんとなく心当たりがあると書いてあった。


翌日、高尾山から久慈屋の昌右衛門と国三の二人が麓別院へ下り、車力の親方八重助らと一緒に江戸へと戻っていくことになった。

桃井道場の年少組六人と岩代壮吾はいっしょに山を下り、江戸への帰路に就く一行を見送ることにした。

「久慈屋どの、楽しい旅をさせて頂きました」

と岩代壮吾が一同を代表して挨拶し、駿太郎も、

「国三さん、私たちも数日後には江戸に戻ります。気をつけてお帰りください」

と述べると、

「帰路には赤目様がおられませぬから、騒ぎが起こることはございませんよ」

と国三が笑った。

大八車をひいた久慈屋一行が甲州道中を横山宿に向かって遠くなっていった。

「よし、われらは甲州道中を相模国境まで走り、帰りには赤目様が懐剣の研ぎ場にしている琵琶滝に立ち寄るぞ」

と岩代壮吾が言い、

「えっ、これから走るのか。まだ朝餉も食してないぞ」

と祥次郎が兄に文句をつけた。

「道中には旅人相手の食い物屋もある。まずは足慣らしに走る」

「薬王院から下ってきたじゃないか、足慣らしは十分だぞ」

「ならば、祥次郎、兄と駿太郎さんが先頭を走るでな、ついてこよ。立ち止まっ

たら、おいていくからな」

「兄者、おれはめし代一文も持っておらぬ」

「めしが食いたければ、それがしと駿太郎さんに従ってくることだ」

と壮吾が言い、駿太郎と肩を並べて走り出した。桃井道場の年少組五人も致し方なく二人に従っていくことになった。

「駿太郎さん、そなたの剣術の秘密が少しだけ分かったぞ」

と傍らを走りながら壮吾が言った。

「私の剣術に秘密がありますか」

と駿太郎が問い返すと、

「秘密などないということが分かったのだ。剣術に近道はない、ただ稽古があるのみということをこの旅で思い知らされた」

「はい、私もそう思います」

と応じた駿太郎はしばし思い迷った末に、

「岩代壮吾様の剣術は変わりましたよ」

と話しかけたが、壮吾は直ぐには返答をしなかった。

「旅に出ると一日が長く感じる。あれこれあったでな」

「はい、あれこれとございました。そして、未だ旅は終わっていません」

「駿太郎さん、それがしが年老いて身罷るときがきたら、高尾山薬王院への旅の数々を思い出すだろう。それは間違いない」

と壮吾が言い切った。そして、己の腰にある刀の鍔と栗形を結んだ紙縒りを見た。

この紙縒りは小籐次が、壮吾の刀の手入れをしたあとに結んだものだった。一度真剣を抜いて勝負をなした者は、つい安直に刀に頼ってしまう。それは決してよいことではないと、見習与力の壮吾へ無言の教えの紙縒りだった。

「兄者、駿太郎さん、もう少しゆっくりといけ」

と坂道の後ろから祥次郎の悲鳴が聞こえた。

「ああ、思わず朋輩を忘れておりました」

と駿太郎が足を緩めた。

「駿太郎さん、そなた、真に祥次郎と同じ十三歳か」

「見習与力の壮吾さんに言うのもおかしいですが、人は考えも体付きもそれぞれでしょう。私の場合、実の父と母を知らずして赤目小籐次に育てられました。去年、ただ今の身内で旅をした丹波篠山行ほど、私にとって胸に刻まれた道中もありませんでした。篠山を訪ねて実の父と母がまことにこの世にいたことを感じました。そして、血のつながりのない赤目小籐次とりょうがわが両親、そしたからね。旅は、様々な経験と考えをもたらしてくれます」

て一つの絆に結ばれた身内であることを悟りました。旅は、様々な経験と考えを

「そうじゃな、江戸の八丁堀からの見方だけで物事を考えてはならぬということをつくづく思い知らされた」

「父が私を桃井道場に入門させたことの意がこの旅でさらによく分かりました」

と言い合う二人のところに繁次郎ら五人が追い付いてきた。

「おい、兄者、そう無暗(むやみ)やたらに走ってどこにいくのじゃ」

と祥次郎が壮吾に弾む息の下で言った。

「足腰を鍛えるのが剣術の基じゃでな」

「といって二人して先に行くこともないでしょう」

と由之助が言った。

「ご免なさい。つい話に夢中になって気が付きませんでした」

「駿ちゃん、剣術は己ひとりでは稽古にはならんぞ、といつもいうのは駿太郎さんじゃないか」

「祥次郎さん、そうでした」

と応じた駿太郎が、

「この坂道の上が武蔵国と相模国の国境です。その国境に美味いうどんやがあったことを思い出しました」

「なに、国境にうどんやか、食わせるものはうどんだけか」

「いえ、いろいろな食い物があったと記憶しています。もう少しのはずです。ゆっくりと行きましょうか」

「そんな美味い食い物やがあるのにのんびりと行けるものか」

と嘉一がいい、走り出した。


夏の陽射しが陣馬山の向こうにかかった刻限、岩代壮吾と年少組の六人が琵琶滝に立ち寄った。

「おお、ここが水行を修験者たちがなす琵琶滝か、われらも水浴びをしようか」

と壮吾の提案に汗みどろの六人が頷いた。その声を聞いた小籐次が宿坊から姿を見せて、

「そなたら、行衣にかえて琵琶滝にあたれ」

と六組の白衣を出してくれた。

「本日はどこへ参ったな」

「父上、身延山久遠寺に参った折に立ち寄った相模との国境までいき、あの界隈の山々から富士山を望みながら走り回っておりました」

「ならば琵琶滝の水行が気持ちよかろう、ささっ、滝に打たせてもらえ」

と小籐次に送り出された七人が交互に琵琶滝に打たれながら、

「慙愧　懺悔　六根清浄」

と和する声が聞こえてきた。

小籐次はその声を聞きながら、桃井道場の年少組のだれもが旅を楽しんでいるが、未だ高尾山の奥深さを知らないと思っていた。

三

江戸の芝口橋北側の紙問屋久慈屋に八代目の昌右衛門と手代の国三が車力の八重助親方ら十四人とともに戻ってきたのは、高尾山の麓別院を出立した二日目の七つ過ぎのことだ。

「お帰りなさいまし」

と大番頭の観右衛門らが出迎えた。

「菜種梅雨と呼ぶのでしょうか、高尾山に到着して身動きつかないほどの雨が連日降りまして、予定が大きく延びてしまいました。お店には異変ございませんか」

と昌右衛門が大番頭の観右衛門に尋ねた。

「旦那様、お店のほうは大きな差し障りもなく過ごしてきました。ですが、あの長雨には江戸でも往生致しました」

と観右衛門が答え、

「八重助親方、高尾山往来でかように日数がかかった旅は珍しゅうございますな。ともあれ無事に戻ってきましたのがなによりです」

「帰り道は赤目様と桃井道場の門弟衆が加わっておりませんでな。いささか寂しい道中になりましたがな、何事もなく江戸に帰りつきましたぞ」

「赤目様は、例の懐剣の手入れのために高尾山に残られたのですね」

「と、わっしは聞いておりますがね」

と応じた八重助に長引いた御用旅の日当と酒手を観右衛門が支払い、車力たちががらがらと音を立てる大八車を引いて久慈屋から姿を消した。

「旦那様、ご足労でございましたな」

と観右衛門が改めて挨拶するところにおやえとお鈴が、正一郎とお浩を一人ずつ抱いて迎えに出てきた。

「おやえ、ただ今戻りました」

と正一郎を抱きかかえた昌右衛門に、

「赤目様方は当分江戸にお戻りはございませんか」

とおやえが聞いた。

「桃井道場の門弟衆のご両親が案じておられますかな」

「いえ、ご両親も桃井先生も赤目様親子と少しでも長く旅をともにするのは悪くない、ただ道場がいささか寂しいと申されておるそうな」

と観右衛門が答えた。

「赤目様方もそう長くはかかりますまい、五、六日後には江戸に戻ってこられますよ」

久慈屋の店先で旅の話をするところに南町奉行所定廻り同心の近藤精兵衛と難波橋の秀次親分が久慈屋一行が戻ったことを聞きつけて姿を見せた。

「やはり赤目小籐次様行くところに騒ぎのタネはつきませんな」

と近藤が昌右衛門に話しかけた。

「あれこれとございましたな」

とだけ昌右衛門が答え、

「ともあれ怪我なく戻ってこられてホッと安堵しました」

と言い添えた。

「高尾山薬王院でもいささか騒ぎがあったようですが、そちらは寺社方、われら町奉行所が首を突っ込む話ではなさそうだ。本日は、久慈屋の旦那の元気な顔を見にきましたのでな。まあ、桃井道場の年少組が元気ということを師匠に伝えておこうか。道場と年番方与力の岩代家に話しておくと八丁堀じゅうに話が伝わりますでな」

と言い残して近藤同心と秀次親分が久慈屋から姿を消すのを待つように読売屋の空蔵がふらりと店に入ってきた。

「赤目親子と桃井道場の門弟衆は未だのようですな」

「はい、私どもといっしょに戻って参られませんでした。赤目様ご一統は、しばらく高尾山に残られるということです」

「久慈屋の旦那、赤目小籐次様が残られるほどの騒ぎがあちらに出来（しゅったい）しましたかな。ならばその話を指先ほどでも話していただくと、明日の読売が楽になるんですがな」

「空蔵さんの関心あるような騒ぎがあったとは聞いておりません。手入れを頼まれていた菖蒲正宗という異名のある懐剣の研ぎを赤目様が琵琶滝の研ぎ場でなす間、駿太郎さんはじめ桃井道場の年少組は修験者といっしょになって山走りをなして修験道に励まれるのですよ」

「なに、酔いどれ様は研ぎ仕事、駿太郎さん方は修験道の山走りですか。そりゃ、読売ネタにならないな。久慈屋の旦那、なにかこう美形の女がからむ色気話の一つもありませんでしたかな」

「赤目様親子と桃井道場の年少組ですよ。そう、空蔵さんが期待するような話はありませんな」

「ありませんか。北町の話は読売に仕立てあげられないし、こたびの高尾山薬王院行はまことになんの騒ぎもございませんでしたか」

と念押ししたが、

「ございません」

と昌右衛門に言い返された空蔵が、

「ならば久慈屋さんでな、赤目親子の紙人形に包金一つふたつ賽銭があったなんて話もございませんかな」

「ありません」

と大番頭の観右衛門にまでいわれてすごすごと店から出ていきかけて、

「江戸じゃあ、相変わらず一朱や一分金が貧乏長屋に投げ込まれる騒ぎが続いているくらいでね、酔いどれ小籐次のいない江戸はネタ枯れですよ」

とぼやいて姿を消した。

「なんと江戸ではあの話が繰り返されておりますか」

昌右衛門がなんとなく当てが外れたという顔で観右衛門に質した。

「はい、阿漕な商いで儲けている大店や賂を貯め込んだ武家方に入る盗人と、一朱一分を裏長屋に投げ込むご仁は同じ人物、こんなご時世に鼠小僧は義賊だなんて言い出す江戸っ子もおりましてな、妙な話になっておりますので」

「おや、盗人の名が鼠小僧で定まりましたか、確かに大番頭さんの言われるとおり妙なことになりましたな」

と奥へ行きかけた昌右衛門に、

「旦那様、須崎村のおりょう様のところに赤目様と駿太郎さんの様子をお知らせしなくてようございましょうか」

と国三が小籐次から預かったおりょうに宛てた文を手に言い出した。

「それはお知らせしなくては。ですが、旅から戻ったばかりの国三、そなた、一人で須崎村まで猪牙(ちょき)で行けますか」

「そうですね、旦那様。荷運びの若い衆を一人つけましょうかな」

と主従が府中宿から歩いてきた国三の疲れを気にして言った。

「旦那様、大番頭さん、須崎村の往来は駿太郎さんがいつもやっていることです。内海には出ませんし、三十間堀伝いに日本橋川に出ますから大丈夫です」

と応じた国三におやえが、

「国三、おりょう様は高尾山での赤目様や駿太郎さんやお仲間の話をお聞きになりたいでしょう。そうだ、頂戴物の甘味がございます、大番頭さん、おりょう様に一筆認めて、国三を今晩望外川荘に泊まらせていただくよう、お願いをしてくれませんか」

「おお、それはよい考えですぞ。夏とはいえ行きは明るくとも帰りは暗くなりますからな、明朝、明るくなってからお店に戻ってきなさい」

と観右衛門がいい、帳場格子でさらさらとおりょう宛ての文を認めた。

国三が須崎村の望外川荘の船着き場に猪牙舟を着けたのは暮れ六つ（午後六時）の頃合いだった。

夕刻の訪問者にこのところ留守をしている主人親子が戻ってきたかと勘違いしたか、飼い犬のクロスケとシロがにぎやかに国三を迎えた。

「クロスケ、シロ、赤目様と駿太郎さんではありませんよ。久慈屋の国三です」

と言いながら猪牙舟を船着き場の杭に舫い、望外川荘への竹林を抜けて庭に出ると、縁側におりょうとお梅が立って、国三を迎えた。

「国三さん、お帰りなさい」

「おりょう様、長雨で高尾山往来の旅が延びてしまいました。御用が終わりましたので主の昌右衛門と私は車力の方々とひと足先に最前戻って参りました」

と事情を告げた。

「わが旦那様と駿太郎、それにお仲間はあちらに残っておりますか」

「はい、赤目様は高尾山の琵琶滝の研ぎ場で、例の懐剣の研ぎを終えてから江戸へ戻られたいそうで、桃井道場の方々も一緒に宿坊に残って、修験者と同じように山歩きをして体を鍛えておられます」

と告げた国三が小籐次の文やおやえから預かった品々や観右衛門の文をおりょうに渡した。

まず観右衛門の文を一読したおりょうが、

「わが君が高尾山に出向いてなんの騒ぎもないとはとても思えませんね。どうか国三さん、一晩でも二晩でも好きなだけ泊まって、私どもにとくと話を聞かせてくださいまし」

と願い、

「本日はどこの宿場から歩いてこられました」

「府中宿です」

「この陽射しのなか、それは大変、汗をかかれたでしょう。まずは湯に浸かりなされ。その間にわが君からの文を読ませてもらいます」

とお梅に仕度を目顔で命じた。

「おりょう様、私は仕舞い湯でようございます」

「私とお梅はすでに湯に入りました。ささっ、汗を流して下さいな、その間に夕餉の仕度をしておきますからね。お梅、国三さんを湯殿までお連れしなさい」

「いいえ、こちらの湯殿がどこにあるか承知です」

と遠慮する国三をお梅が案内した。

「国三さん、皆さん、お元気ですよね」

「駿太郎さんのお仲間は、最初こそ大八車を押すというより、すがって旅をしておりましたが、そのうち慣れたと見えて、段々と逞しくなりましたよ」

「高尾山って、私、どこにあるか知らないわ」

「江戸から甲州道中を通って一泊二日の行程です。夏本番になれば講中の人が高尾山詣でに大勢参られるそうですが、なにしろ私どもが着いたときは雨続き、高尾山詣での人も少なく、野猿のほうが多いくらいでした」

「えっ、猿がいるの」

「いますとも。野猿の群れの大親分が赤目様でしたよ」

「どういうこと」

「あとでじっくりとお話ししますからね」

と国三が言い、初めて入る望外川荘の湯船に浸かって、ほっと安堵した。

「どう、湯加減は」

「お梅さん、実に結構です。未だ旅をしている気分です」

「駿太郎さんの単衣(ひとえ)ですが着換えてさっぱりとなさいましとおりょう様から預か

ってきました。こちらにおいておきますからね」

「なにからなにまで恐縮です」

国三は湯船に浸かりながら、赤目小籐次が高尾山薬王院に残ったのは懐剣の手入れもあるが、薬王院の内紛の後始末をなす寺社奉行付の役人に協力するためだと考えていた。そして、こたびの高尾山行もまた赤目小籐次の旅らしく、あれこれとあったな、と感慨に耽っていた。

国三が駿太郎の真新しい下着に単衣を着て望外川荘の座敷に落ち着くと、なんと酒の仕度までしてあった。

「おりょう様は、晩酌をなさいますか」

「いえ、わが君がいれば相伴にあずかりますが本日は格別です」

「なにか格別なことがございましたか」

「旅の間、国三さんはご酒（しゅ）を召し上がりましたか」

「いえ、旦那様と赤目様方がいっしょです。手代の私がお酒を頂くなんてことはございません」

「今宵は久慈屋の旦那様と国三さんが無事に旅から戻って参られました祝いと、もう一つ」

「なんぞ祝い事がございますか」

「ございます。わが君から密かに聞いた話です。こたびの旅を無事に勤め上げられた暁には、国三さんは番頭さんに出世だそうですね。本日は望外川荘で、私たちだけの内祝いですよ。おめでとう、国三さん」

おりょうが国三に猪口を持たせて銚子から酒を注いだ。

「驚きました。未だ見習番頭昇進の一件は、旦那様が奉公人一同に伝えられた話ではございません」

「だから、内祝いなのです。長いこと国三さんはよう久慈屋に奉公してこられました」

「おりょう様、有り難うございます」

とおりょうから銚子を受け取り、おりょうの猪口に酒を注いだ。

「赤目様のいない望外川荘で恐縮でございます」

「わが君が戻った折には改めてお祝いを致しましょう」

とおりょうがいい、

「頂戴します」

と国三が初めての酒に口をつけた。

「ああ、これがお酒の味ですか。赤目様はなんとも美味そうにお飲みになりますが私には、未だ味が分かったとはいえません」

「国三さんの最初のお酒の相手がりょうですか。この次は亭主どのと一緒にお酒を楽しみましょう」

と言っておりょうは旅の話を国三に願った。


その刻限、店仕舞いした久慈屋に近藤精兵衛に伴われた見習同心が訪れていた。北町奉行所見習同心の木津勇太郎だ。久慈屋出入りの近藤はむろん南町奉行所の定廻り同心だ。木津勇太郎は、八丁堀にて久慈屋の一行が戻ってきたという噂を聞いて、近藤同心の役宅を訪ね、

「近藤様、久慈屋一行が高尾山から戻ってきたと耳にしました。それがし、久慈屋の主どのにお詫びしたいのですが、案内方お願いできますまいか」

と願った。

勇太郎の気持ちを知った近藤はしばし沈思し、

「この一件、まず北町の与力岩代様にお断りするのが筋ではないか。岩代様の話を聞いたうえで、それがしと申されれば、むろん案内方を務める」

と近藤同心は勇太郎を伴い、岩代邸を訪ねた。

訪問の理由を聞いた年番方与力岩代佐之助の、

「赤目どのは未だお戻りではないのだな。とはいえ、勇太郎の気持ちも分からんではない。近藤どの、勇太郎を連れて久慈屋にそなたが口利きしてくれぬか」

との言葉を受けて、二人が久慈屋を訪れたのだ。

事情を知った大番頭は昌右衛門に取り次ぎ、二人と店座敷で面会した。

木津勇太郎は、主従が店座敷に通る前から平伏していた。近藤に首肯しながら昌右衛門が勇太郎の前に座し、

「木津様、お頭をお上げ下さい。それでは話も出来ませんでな」

と願い、近藤が、

「昌右衛門、もはや事情を説明する要もあるまい。勇太郎の気持ちを受け止めてくれぬか」

と助け船を出した。

「むろんのことです」

と応じた昌右衛門が、

「近藤様、今宵の訪問、どなたかにお許しを受けてのことでございますか」

と念押しした。

「お手前方には説明の要もないが、それがしは南の同心、木津勇太郎は北町の者である。当然、北町の岩代様にお会いして、南のそれがしがかように口利きをしてよいかどうかお尋ね致した。岩代様の嫡男壮吾どのは、こたびの高尾山行にも同行しておられるでな、当然、事情はすべて承知しておられよう。その岩代様がしばしお考えの末に、『勇太郎の気持ちも分からんではない』とのご返答でのう、それがしの今宵の久慈屋訪問は、木津勇太郎の気持ちを慮（おもんばか）っての私的な訪（おとな）いと考えてはくれまいか」

「相分かりました」

と昌右衛門が返事をして、

「木津勇太郎様、そなた様はその若さでえらい重荷を負うて木津家をお継ぎになることになりましたな。大番頭から聞きました。久慈屋昌右衛門、決断に感服もし、同情もいたします」

と言い添えた。すると平伏していた勇太郎が不意に顔を上げて、

「久慈屋どの、わが木津家は北町同心の家系、取潰しにされてもだれにも文句は言えぬ父の所業でござる。それがし、なぜ木津の家系が許されたか、未だ不分明

にございます」

と言った。

「ふうっ」

と吐息をした昌右衛門が、

「私は府中宿で起こった騒ぎをこの眼でみたわけではございません。赤目小籐次様から聞かされただけでございます」

と言い訳した。

「それがし、北町奉行榊原様と年番方与力岩代様同席の場に父と呼ばれ、府中宿で起こった騒ぎと父の所業を知らされ、もはや木津家は終わったと覚悟致しました。その場で岩代様は押込みに関わる留吉なる者がわが実弟とは申されませんでした。とはいえ、話の流れからみてその者がわが実弟留吉であることは明らか。それがしも見習同心の端くれ、父と弟の愚行が府中の騒ぎに繋がったのは明白なり、と考えております」

「待て、木津勇太郎どの、町奉行所において奉行や上役が明白に述べられぬ条項は公にはあらず、勘違いなさるな」

と近藤が北町奉行所配下の若い同心をたしなめ、

「久慈屋、この木津勇太郎の才を高く評価していたのは北町の見習与力岩代壮吾様であった。それがしも府中宿の一件は、なにも知らぬ。それがしが知っているのは、同心にもあるまじき愚かな所業を知らされ、切腹を命じられた父の首を斬る役目を北町奉行榊原様に申し出たのは倅の勇太郎であったこと、そして、奉行はその申し出を即座に許されたことだ」

「なんということが」

「魂消（たまげ）ました」

と久慈屋の主従が驚愕した。

「それがし、父の首を刎（は）ねたうえ、切腹する所存にございました。それがなぜか木津家を継いで汚名を雪（すす）げと命じられました。未だその曰くが判然としませぬ」

と勇太郎が漏らした。

しばし瞑目していた昌右衛門が同じ言葉を繰返した。

「府中番場宿の旅籠で深夜に起こった騒ぎを私は見聞しておりませぬ、と最前申しましたな。その場に立ち会ったのは、岩代壮吾様、赤目駿太郎さん、手代の国三と赤目小籐次様の四人だけです」

長い沈黙が続いた。そして、勇太郎を正視した観右衛門が、

「木津様、岩代様がどのような意でそう申されたか、私には分かりません。されど、世の中にはすべてを承知することが決して良き結果にならぬこともございます。却って悪しき結果を招くこともございます。岩代様が申された言葉の背後には、多くの方々の想いが、心遣いが籠められておるのではございますまいか、違いますかな」

と一座のなかでいちばん年配の大番頭が諭すような口調で言った。

木津勇太郎は心のなかのわだかまりと戦っていた。

「私は、父の死によって北町奉行所の同心を務めることになった」

「違いますな、この年寄りの言うことを聞きなされ。最前、近藤様も申されましたな。『木津勇太郎の才を高く買っていたのは見習与力の岩代壮吾様であった』と。この場に岩代壮吾様がおられたら、この年寄りと同じ言葉をそなた様に告げられましょう。そなた様の才ゆえに木津家の新しい当主になられたのです。武家方も町方も一族やお店を潰すのは容易いことです。されど、百年、二百年と一家を代々継ぎつづけるのは難しゅうございます。この歳月の間に、災禍もあれば病も降りかかる。人間ゆえ間違いも犯す。大事なことはこのあと、どう立て直すかでございますよ」

観右衛門の長口舌の間、勇太郎も近藤も昌右衛門もひと言も発しなかった。

「木津勇太郎様、府中宿の騒ぎの場にそなた様の弟などいなかったのです、宜しゅうございますな」

観右衛門の力の籠った発言を聞いていた昌右衛門がこくりと頷き、近藤が木津勇太郎を正視した。すると勇太郎がその場の三人に平伏した。

この一連の騒ぎの後始末をしたのは、だれあろう赤目小籐次だと昌右衛門も観右衛門も近藤も考えていた。

四

翌日未明、小籐次は床を離れると行衣に着換えて琵琶滝に打たれながら、

「慚愧　懺悔　六根清浄」

と唱え気持ちを新たにした。

子次郎から懐剣を預かって随分長い日々が流れた、と感じていた。そして、今、子次郎が、

「菖蒲正宗」

と称した
「五郎正宗」

の懐剣に向き合うときがきたと思った。

心身を浄めた小籐次は、夏の空が白み始めた時分、研ぎ場に座った。白衣の仕事着に身を包み、錦の古裂袋から懐剣を取り出すと、琵琶滝に向かって両手で捧げもって奉じた。

初めて懐剣の目釘を抜いた。

無銘だった。だが、懐剣の鋒から茎尻(なかごじり)までの優美な形をじっと眺めた。

小籐次は亡父より、

「小刀の研ぎを容易いと勘違いする研ぎ師がある。じゃがそれは間違いじゃ、刃渡五、六寸の小刀でも太刀以上に細心の注意を払って手入れをせねばならぬ」

と教わった。これまで小籐次はこれほどの小刀に出会ったことはなかった。初めての挑戦が始まると己に言い聞かせた。

小籐次は、この五郎正宗の真の持ち主がだれかすでに承知していた。

さる大身旗本の姫君と子次郎が伝えたのだ。

昨夜、床に入った折、宿坊の片隅に子次郎がいた。

「赤目様、わっしがなぜ菖蒲正宗と称される懐剣を所持しておるか、なぜ赤目小籐次様に手入れを願ったか、真の話をなすときがきました。聞いて頂けますか」

小籐次は床に入ったまま、無言で頷いた。

「わっしの名が子次郎と申しましたな。幼い折からこじろうと呼ばれたことはありませんや。なぜか親父からは、ねずみと呼ばれていましたね。奉公に初めて出されたとき、『子次郎ってのが、おめえの名だ』と教えられました。へえ、わっしはお店奉公には向いていませんでしてね、まあ、府中宿で岩代壮吾様が口を封じられた留吉にも劣った餓鬼でございましたよ。餓鬼の子次郎が半人前の悪たれになるにはそう長い歳月は要しませんでしたな。ただ、お店奉公の時分に身に覚えたことがございます。悪さをするならば、困ってる人間を相手にしてはならねえ、悪さをする相手は汗もかかずに大金を屋敷の蔵にため込んでいる武家方や分限者だと思い知らされたのでございますよ。世間には汗して稼ぐ銭の何千倍もの大金を賂として受け取る輩がいくらもおりますでな。

悪さをする人間に理屈や言い訳は要りませんや。ですが、わっしが盗みをする相手は、わっしより大悪だと決めたんでございますよ。

へえ、わっしは二十歳過ぎから半端盗人でございましてね」

と子次郎が自分の立場を明かした。

が、小籐次は黙したままなにも答えない。

子次郎は話を続けた。

「大名家や大身旗本屋敷の奥へ入り込むことを覚えましてね、これまで幾たびも武家方の奥へ忍び込んで、賂なんぞでため込んだ金子を頂戴して参りました。むろんしくじって、武家屋敷でとっ捕まったこともございます。その折は、たまたま屋敷の裏門が開いておりまして、ついふらふらと入り込んでしまったと言い抜けてなんとか小伝馬町の牢屋敷に入れられ、入墨をされた上、江戸払いで済まされました。なあに、その武家方もあまり懐具合を町奉行所の役人に知られたくはなかったんでございますよ。ですから、わっしの首はなんとかつながりましてね、一年余り上方に草鞋を履いていたこともございます。ですが、わっしと上方は肌が合いませんでね、江戸に戻って参りましたんで」

子次郎はしばし間を置き、

「赤目様、退屈ですかえ、わっしの話」

と無言の小籐次に問うた。そして、話を再開した。

「昨年の大みそか、麹町のある大身旗本の屋敷の奥へと潜り込みましてね、文箱なんぞを漁っておりますとね、ふと、人の気配を感じたんでございますよ。わっしは盗人でございますよ、勘だけはするどいと思っておりました。それが全く気づきませんでね。『そなたは何者です』と声をかけられたのでございますよ」

子次郎はどきりとした。小さな灯りを手にしていた。一瞬吹き消そうかと思った。と、

「灯りを消すと困るのはそなたです」

と玉を転がすような声が言った。

子次郎は覚悟を決めてゆっくりと背後を振り返った。すると十四、五か、種火の微かな灯りの中で子次郎がこれまで会ったことも見たこともない、無垢な顔立ちの姫君がじいっと子次郎を見ていた。これほど清らかな顔を子次郎は知らなかった。

「そなた、何者です」

と問われた子次郎は、

「へえ、盗人でございます」

と正直に答えていた。

「ぬすっと、ですと」

姫君は盗人を知らない様子だった。ただ純真な眼差しで子次郎を見ていた。

「お姫様は盗人をしりませんかえ」

顔を横に振って知らないと告げた。

「こちらの御屋敷のような金のある家に忍び込み、文箱や蔵のなかから金子を盗んでいく稼業ですよ、泥棒ともいいます」

子次郎の言葉を聞いた姫君が、

「ほっほっほほ」

と愛らしい笑い声を上げた。

「わが屋敷がお金持ちと思うてか」

「違いますので」

「私の祖父上（おじじ）の代までは蔵のなかに千両箱があったそうです。私は見たことはございません」

と姫君が異な言葉を吐いた。

「ただ今はございませんので」

「そう聞いております」

と答えた姫君が、

「父上が城中で失態を重ねて無役になり、屋敷には金子などありません。その代わり借財だけがあるそうです」

「これだけの屋敷ですぜ」

「信じられませんか。私はどなたか存じませぬが、近々高家肝煎の側室として売られて行くことが決まっております。二百両の金子の代わりに身を売るのです」

「そ、そんなことが。お姫様、おいくつです」

「十五です」

「そりゃいけねえや。側室、妾なんてダメだ」

と子次郎は言っていた。

「ほっほっほほ」

と笑った姫君が、

「そなたが助けてくれますか」

「わ、わっしがですかえ、二百両を都合すれば妾に行かずに済みますかえ」

姫君が顔を横に振った。

「もはやわが屋敷はどうにもなりますまい」

「そんな、どうすればいいんで」

しばし姫君の両眼が子次郎を凝視していたが、

「そなたは正直者の声音をしています」

「盗人が正直者なんてありえませんや」

「いえ、声は嘘がつけません」

子次郎はそのとき、姫君の顔立ちのなかで両眼の異常に気付いた。

「気付きましたか、私は生まれつき眼が見えないのです。ですから、初めて会った人は、声音で判断致します。顔を見ずとも私にはそなたのことが分かります」

「なんてこった、眼が見えない姫君が妾だなんてよくねえや」

「よくなくともこの家が生き延びるには私が妾に売られるしか手はないのです」

子次郎はその場にどさりと座り込むと思案した。

「お姫様、妾に出されるのはいつのことです」

「半年後、と聞いております。私の身を買う相手が京から江戸に戻ってくるのが夏だそうです」

「半年か、わっしがなにか出来ることはありませんかえ」

「盗人さんが私のためになにか為してくれるというのですか」

「へえ」

　こんどは姫君が沈思した。

「祖母上が私の身を守る懐剣をくれました。父上も母上もその懐剣を私が所持していることを知りません。もし知ったら直ぐにも売られましょう」

「懐剣をどうしろと言われますので」

「五郎正宗と申す刀鍛冶が造った懐剣で、菖蒲正宗と称する小さ刀ですが、銘は刻まれていないと聞いております。長い歳月手入れもされずあったのでしょう、私の見えない眼にも懐剣に曇りがあるのが分かります。私が妾に出される折、ただ一つ、祖母上の懐剣だけは持っていきとうございます。だれぞ手入れをしてくれる人を知りませぬか」

　と姫君が言った。

「わっしが必ずお姫様の満足のいく手入れをなす研ぎ師を探してきます」

　と子次郎は初めて会った、名も知らぬ姫君と約定した。

　その懐剣、菖蒲正宗が今赤目小籐次の手にあった。

　ふと父親伊蔵の言葉を思い出していた。

「小刀は突くのが本領である。一方、太刀は斬るために鍛えられる」

姫君は懐剣でなにを突く気なのか、子次郎はそれを承知で懐剣の手入れを赤目小籐次に願ったのか。

（わしが子次郎に約定したのはこの懐剣が使われる折、姫君が満足する研ぎだ）

そのことだけを考えて研ぎに集中しようと小籐次は改めて思った。そして、最初の研ぎの工程に手をつけた。

駿太郎ら桃井道場の年少組六人と岩代壮吾は、その夜明け、高尾山山頂を経て、景信山へと尾根道を伝い、早足で進んでいた。最初は、修験者の一団の後に従っていたが、いつの間にか離されてその姿は見えなくなっていた。

駿太郎は腰に孫六兼元を差し、木刀を手にし、背中には竹籠を負っていた。籠のなかには数日分の米など食料や梅ぼしを入れた握りめしが入っていた。

この数日、父の赤目小籐次が懐剣の研ぎをなす間、駿太郎たちも裏高尾の山々を巡り、修行に没頭すると話し合った結果だ。

「駿太郎さん、修験者たちはどこへ行ったんだ」

と祥次郎が尋ねた。

年少組の五人も高尾山の山道歩きには慣れてきたが、さすがに裏高尾回峰行の修験者とは歩みが違った。

「尾根伝いにだいぶ先に進んでおられますね、われらは自分たちの足の運びで参りましょうか」

「こんな山のなかにおれたちを泊めてくれるところがあるかな」

と嘉一が気にした。

「修験道の方々が言っておられましたが、杣小屋があちらこちらに点在しているそうです」

「洞（ほら）や木の下に眠ることがあるとも言わなかったか」

と吉三郎が言った。これまでの高尾山修行は日帰りであった。だが、最後は三泊四日の山修行をする気で景信山へと向かっていた。

「言われました。われら最後の裏高尾修行です。一人の落後者もなくこの数日を過ごしましょう」

と駿太郎が言うと、

「おおー」

と五人の仲間が応じた。

岩代壮吾は修験者の頭に描いてもらった裏高尾一帯の絵図を手にして、年少組の言動を黙って見守っていた。

昼の刻限に一行は谷間に下りていた。

「腹が減ったな」

と繁次郎が言った。

「水場を見つけたら昼餉にしますか」

と駿太郎が応じたとき、馬のいななきが聞こえた。

「あれ、山ん中に馬がいるぞ」

と祥次郎が言った。

水辺に一頭の馬がいた。

「この辺りに郷があると思えぬが、いや、裏高尾もはずれかのう」

と壮吾が絵図を見ながら怪訝な声を上げた。一行が馬に近づいていくと、馬が尻尾を振って迎えた。

「おれたちに挨拶していないか」

と祥次郎が言い、

「尻にとまった蠅を追っているのです」

と駿太郎が答えたとき、水辺から一人の男が立ちあがった。

「あれ、見たことがあるぞ」

と由之助が声を漏らし、その男が、

「おお、赤目の旦那の仲間だな。そなたは倅の駿太郎さんだったな」

と駿太郎を見た。

「そなたは三太郎さんではありませんか。猿山で父上といっしょに橅の枝におられましたよね」

「覚えていてくれたか」

「父上から三太郎さんは裏高尾の郷に戻ったと聞きましたが」

「それが厄介なことになっておるのだ。赤目様はどうしていなさる」

「父は懐剣の手入れを琵琶滝の研ぎ場でしております」

「困ったな」

「どうしました」

「うーん、横山宿の万時屋悠楽斎の用心棒たちがおれの郷に入り込んでな、郷人をこき使っておる」

「壱行僧の親父様は、身罷ったと聞きましたが」

「そうなのだ、頭の悠楽斎は寺社奉行のお役人に斬られて死んでな、おれが亡骸を知り合いの山寺に埋めてもらった。だが、その折、逃げ散った子分たちがおれの郷に入り込んだのだ」

「何人じゃな、その者たち」

と岩代壮吾が三太郎に質した。

「十二人おるでな。といっても腕の立つ用心棒は三人かなあ」

万時屋に奉公していた三太郎はそう言った。

壮吾が駿太郎を見た。壮吾の意を察した駿太郎が頷き、

「三太郎さん、あなたの郷までどれほどありますか」

「二十丁、半里ほどじゃな。駿太郎さん方が追っ払ってくれるというか」

と三太郎が祥次郎らを見て、

(まだ子どものようじゃが頼りになるか)

という顔をした。

「三太郎さん、猿山の戦いを見たでしょう。戦は数ではありません、いかに先手を取るかです」

「駿太郎さん、頼りにしていいか」

「おお、アサリ河岸の桃井道場の門弟じゃぞ、それに戦上手の息子どのがおるのでな」

と壮吾が駿太郎を見た。

「よし、杣小屋に入ってさ、話をしようか」

と三太郎が馬を連れて一行を雑木林に隠れた杣小屋に連れていった。山仕事をする折に寝泊まりするのだろう。板の間に囲炉裏まで切ってあった。

「相手は十二人というたな。われらはそなたを入れて八人じゃ。敵方が多いが郷の住人に頼りになる者はおらぬか」

「郷人は二十二、三人でな、年寄りと女衆ばかりで、おれのような若い衆は横山宿に働きに出ているんだ」

「頼りにならぬか」

「壮吾さん、私たちには馬がいますよ」

と駿太郎が言い、見習与力の壮吾が、

「それがしは馬は扱えんぞ」

と言った。

江戸町奉行所与力は一騎二騎と数えられた。だが、ただ今の江戸では与力が馬を屋敷で飼い、乗りこなすことなどないのだろう。

「まず郷の様子を知ることが大事ですね。三太郎さん、壮吾さんと私を案内してくれませんか」

駿太郎は戦いに備えて地の利を得ることが大事と思った。

「いいだろう、案内しよう」

と三太郎が立ち上がった。すると、

「おれたち、腹が減っているんだ。握りめしを食べていいかな」

と祥次郎が言い出した。

「そうだな、腹が減っては戦もできないしな、まず皆で昼餉をとるか」

と壮吾が弟の言葉に賛意を示し、

「おお、助かった。おれも腹が減っていたんだ」

と三太郎が応じて、囲炉裏にかかっていた土鍋の下の小わりに火をつけた。どうやら三太郎は杣小屋で食い物を作るための水を汲みに行っていたらしい。囲炉裏の薪に小わりの火が移り、土鍋の味噌汁と一行が持参した握りめしで昼めしを食した。

「山歩きより杣小屋での昼めしがいいな」

「繁次郎、そなたら五人で馬の番をしておれ。われら三人、三太郎の郷の様子を見てくるでな。戻ったらわれら全軍で戦談合をなす」

「兄者、戦談合だと、全軍というてもたった八人しかおらぬぞ」

「祥次郎、八人であろうと全軍は全軍だ、もはやそなたらは桃井道場で遊び半分に稽古をしていた年少組ではない。赤目様はただ今琵琶滝で研ぎをなしておられる。こたびの戦は赤目小籐次様なしで、われら八人で戦うのだ。気合を入れておけ」

「気合を入れろって、おれたち五人と馬でなにをするのだ」

「考えよ、祥次郎」

「兄者、おれたちも一緒に行ってはならぬか。杣小屋で馬の番ではつまらんぞ」

祥次郎の言葉に繁次郎ら四人も頷いた。裏高尾の杣小屋に五人で取り残されることが不安だったのだろう。

「そうですね、全員で行ったほうが安心ですね、三太郎さん」

と駿太郎の言葉に壮吾を除いた全員が賛意を示した。

戦の前に腹を満たして桃井道場の門弟と三太郎の八人だけの戦いが始まろうとしていた。

初夏、裏高尾の郷外れの、杣小屋であった。

第十章　菜の花の郷

一

三太郎の郷は、東向きのなだらかな斜面にあって、茅ぶき屋根や板屋根の家々が十数軒ほど点在していた。そして、家々をつなぐように菜の花畑が広がっていた。標高の高い裏高尾ゆえ郷よりも時節が遅く、菜の花が咲いていた。家々の背後には裏高尾の山々が西日を遮るように立ちはだかっていた。

言葉に窮するほど美しい村落だった。

「美しいな、おれ、こんな在所を初めて見たぞ」

祥次郎が思わず漏らしたほどだ。

段々になった菜の花畑をあぜ道がむすび、兎や鶏が草やエサを求めて歩き回っていた。

「ああ、遠目には美しい。だけどよ、米を作るにも土が悪いしよ、年寄りばかりで人手も足りないんだ」

　三太郎が祥次郎の感激の言葉に応じた。

「真ん中にある藁ぶきの家が郷名主の屋敷だ。万時屋の用心棒だった連中全員が名主の家にいるんだよ」

「名主の身内も一緒にいるんですか」

　と駿太郎が質した。

「名主夫婦はよ、屋敷の蚕部屋に人質としてな、捉われているんだと、すえばあがおれに言ったたな。名主の身内と若い奉公人は、ほれ、あっちの村はずれ、裏山にへばりつくように見える正源寺に潜んでいるんだ」

　三太郎は村に戻ってから村人たちに連絡をつけたようで郷の事情を承知していた。

「あと十日もしたらあやつらに郷の食い物も酒も取りつくされ、兎も鶏もつぶされて食われてしまう」

　と三太郎が嘆いた。

「かような山里の家々に酒があるのか」

と岩代壮吾が問うた。

「酒というても自分たちで造った濁り酒だ。おりゃ、嫌いだ」

三太郎がにべもなく言い放った。

「三太郎さんの家はどこですか」

駿太郎が尋ねた。

「正源寺の右手の竹林に囲まれたぼろ家がうちだよ。おりゃ、赤目様と寺社奉行のお役人がお目こぼししてくれた金でよ、名主さんから畑を分けてもらってよ、馬や牛を育てて暮らしたいんだ」

「美しくて穏やかな山里だからな」

と岩代壮吾が言った。

「そりゃ、この季節はいい。冬場は寒くて厳しいぞ。でもよ、この郷がおれの生まれ育った土地だ」

三太郎が言ったとき、名主の屋敷から浪人者が二人現れて、庭の下の菜の花畑に向かって小便を始めた。むろん何者かに見られているとは気付いていない。

駿太郎らが伏せているところは、川の流れを挟んで名主の屋敷から二丁ほど離れていよう。

「あいつら、いつまでいる気なの」

最前の三太郎の話を聞いていなかったのか、嘉一がだれとはなしに尋ねた。

「名主の屋敷の食い物と酒がなくなるまでだ」

と三太郎が答えた。

立小便をした浪人者らがよろよろと屋敷に戻っていった。

郷には全く人影が見えなかった。

岩代壮吾が矢立てを出して、紙を数枚閉綴じたものに、三太郎の村落の見取り図を描き始めた。そして、三太郎に聞いて各家の住人の名を認めていった。

「兄者、矢立てなんて持っていたか」

「八丁堀の与力は、同心に持たせているから矢立てなど携えん。裏高尾回峰行に出るにあたって、麓別院からこの紙といっしょに借りてきた」

名主屋敷から煙が上がり始めた。

「やつら、夕めしの用意をすえばあにさせてやがる」

と三太郎が腹立たし気に言った。

「あいつら十二人が十日もいたら、郷の食い物はほんとうになくなるぞ。この夏、どう暮らしていけばいい」

三太郎は、最前から繰り返してきた同じ言葉を吐いて嘆いた。

「よし、郷の絵図はできた。杣小屋に戻って戦談合をなすぞ」

と壮吾が言った。

「三太郎さん、郷人は何人ですか」

「二十二人、いや、おれを入れると二十三人だ。若い男はおれ一人だ」

「よし、引き上げだ」

壮吾が山の端に夏の陽が沈む前に杣小屋に戻ることを一行に命じた。

杣小屋に戻ると屋根から煙が上がっていた。

「ああ、だれかが小屋に入り込んでいるぞ」

と祥次郎が驚きの声を上げ、

「祥次郎さん、大丈夫だよ。あやつら、この杣小屋のことを知っちゃいないからな」

三太郎は杣小屋にいる人間に心当たりがあるようだ。

「三太郎さんの知り合いですか」

「ああ」

とだけ短く応じた三太郎は、

「アカも厩に入れてくれた」

と言った。

杣小屋に駿太郎ら一行がぞろぞろと入っていくと、手拭いを頭にかぶり、黒ずんだ顔の女衆二人が驚きの表情で一行を見返した。

「お桃さん、あんず、案ずるな。皆、味方だ」

と三太郎が一行を紹介した。

二人の女は男のような形をしていたが、若い娘だと壮吾も駿太郎も推量した。おそらく郷に不逞の輩が入り込んだゆえ、煤かなにかで顔を黒くぬって悪さをされないように変装しているのだろう。三太郎は一人の女をさんづけで呼び、もう一人を呼び捨てにした。

囲炉裏に火が入り、土鍋がかかっていた。

「三太郎さん、味方がいるだなんて言わなかったわ」

「おお、お桃さん、おれが話したろう、江戸の紙問屋の一行に従ってきたお侍さんたちの話を。そのお侍さんなんだよ」

「剣術道場の門弟さんたちね」

「そうだ、その人たちだ。今日な、裏高尾の回峰行に出てきて、たまたま会ったんだ」

　駿太郎らをお桃とあんずと呼ばれた二人の女に紹介した。

「三太郎さん、この若い娘さんたちはどなたですか」

　駿太郎が三太郎に質した。

「駿太郎さん、お桃さんは郷名主の娘だ。あんずは名主さんの家で奉公するおれの妹だ。あやつらが郷に入り込むのに気付いた二人が機転をきかせてな、郷外れの正源寺に逃げ込んで潜んでいるんだ」

　と二人の事情を説明した三太郎が、

「この駿太郎さんはおれが話したよな、江戸で有名な酔いどれ小籐次、赤目小籐次様の子でな、残りの六人は江戸町奉行所の与力や同心の息子だと。旅に出たくて、久慈屋って紙問屋の荷運びの手伝いをして薬王院に逗留しているんだ」

　お桃とあんずは、岩代壮吾以外がまだ幼い顔立ちの少年だと知って驚きの表情を崩さなかった。そして、あっ、とあんずがなにかに気付いて悲鳴を上げた。

「どうした、あんず」

「この竹籠の食べ物、この人たちのものなの。私、兄ちゃんが横山宿から持ってきたものかと思い、勝手に使っちゃったわ」

「おお、そういうことか」

　と三太郎が駿太郎らを見た。

「気にしないでください。私たちがこの数日間山歩きをするための食い物なんです。却って煮炊きする手間が省けました」

　と駿太郎が言った。

「あんず、急に人数が増えたわ。夕餉を作り直しね」

　とお桃が言った。

「お桃さん、あんずさん、竹籠の一番下に米が入っています。使ってください」

「えっ、お米もあるの。握りめしが残っていたから、土鍋に入れて雑炊にしようかと思っていたの。お米を炊き直そうか」

　とお桃があんずに相談した。

「われら、雑炊があれば夕餉はそれで構いません。お米は明日にしましょうか」

　と駿太郎の提案にお桃が頷き、

「まさか三太郎さんにこんな大勢の味方がいるだなんて考えもしなかった」

　とあんずといっしょに外へと出ていった。

「今日は妙な日だぞ。駿太郎さん方が姿を見せたと思ったら、お桃さんと妹まで杣小屋にやってきた。一人と思った夕めしが十人の大人数になった」

と三太郎が嬉しそうな顔をした。

「よし、夕めしをつくるのは二人の娘さんに任せて、われらは戦談合だぞ」

囲炉裏端の火の灯りの近くに最前認めた菜の花の郷の絵図面を広げて全員が囲んだ。

「三太郎、敵方は十二人じゃな。われらはこの八人が戦士というわけだ。まず敵方を一人ふたりと減らしていく考えはどうだ」

と壮吾が駿太郎を見た。

「明日にもあの者たちと戦い、決着をつける心算ですか」

「おお、駿太郎さん、三太郎の話を聞いたろう。一日でも早くあやつらを郷から追い出さぬと、あの郷の食い物が尽きるぞ」

「そうですね、明日一日でなんとかあの者たちを追い払いたいな」

「壮吾さんよ、あやつら、夜は名主家の濁り酒を食らって夜更かししているせいで、朝は遅いぞ。夜明け前に一気に襲うというのはどうだ」

と三太郎が考えを述べた。

「十二人と八人と言いたいが、わがほうのまともな戦士は駿太郎さんにそれがし、それに三太郎の三人じゃぞ」

壮吾の言葉に、

「兄者、われら年少組は戦士の数に入らぬというか。おれたち、高尾山にきて八丁堀にいるときより強くなったぞ、頼りにしてよいだろうが」

と祥次郎が兄に文句をつけた。

「そうですね、年少組も大事な戦力です」

駿太郎がいうところに二人の娘が戻ってきた。それを見た嘉一が、あっ、と驚きの声を発した。手拭いをとり顔の煤を落としたせいで、二人が若く整った顔をしているのを見て、驚いたのだ。

「真っ黒な顔が白くなっているぞ」

と吉三郎も言った。

駿太郎らも絵図面から顔を上げて娘二人を見た。

「煤を落として顔を洗ってきたの」

愛らしい顔に変わったお桃が恥ずかし気に呟いた。

「だってここにいる人は兄ちゃんの仲間でしょ」

「おお、味方だ。顔に煤を塗ったくって隠す要はない」

と妹と兄が言い合った。

あんずの手には菜の花の葉を漬けたと思しき漬物を盛った丼があった。

「お桃さん、あんずさん、竹籠の食い物は好きなように使ってください。なにしろ明日は大変な日ですからね、しっかりと食しておいたほうがいい」

と駿太郎が言った。

「兄ちゃん、残りの握りめしをすべて土鍋に入れて、雑炊を増やすわよ」

あんずの言葉が聞こえたように杣小屋の一角の厩にいるアカが足で羽目板を蹴って音を立てた。

「おれ、今晩、山のなかに野宿するかと思った。夏でも囲炉裏の火があるほうが安心していいよな」

と祥次郎が嬉しそうに言った。

「皆さん、いくつなの」

味方と分かり、安心したのかお桃が駿太郎らの顔を見て質した。

「三太郎さんから既にお聞きかと思いますが、私ども、江戸の桃井道場の年少組門弟です。こちらの繁次郎さんと由之助さんが十四歳。そして、こちらの祥次郎さん、嘉一さん、吉三郎さんと私が十三歳です」

「えっ、駿太郎さんとこの三人が同じ十三なの」

あんずが信じられないという顔で駿太郎たちを見た。すると祥次郎が囲炉裏端に立ち上がり、駿太郎ら残りの十三歳組も立った。

「あらまあ、とても同じ十三だなんて思えないわね」

とお桃が笑った。

「駿ちゃんはおれより七寸も背が高いからな」

と祥次郎が駿太郎の傍らでつま先立ちしてみせた。それでも比べようもないほど差があった。

「駿太郎さんは背丈も高いけど、剣術も強いぞ」

嘉一が自分のことのように威張って見せた。

「だって赤目小籐次様って強いお武家さんの子どもさんなんでしょ、親父様が大きな人なんだ」

とあんずが言い、

「それがな、あんずさん、おれと同じくらいの背丈でさ、小さなじい様なんだよ。ところがさ、そこにいるおれの兄者なんて桃井道場で威張っているけどさ、赤目様の前に出ると、借りてきた猫ってのか、ねずみってのか手も足も出ないほど強いんだぞ」

「だって、駿太郎さんは十三よ、お父つぁんがどうして年寄りなのよ」

といつもの話になり、駿太郎が手短に身の上話を告げた。

「そうか、赤目のじい様と駿太郎さんは血はつながってないのか。どうりで歳も離れていれば、体付きも顔も違うよな」

と三太郎が得心した。

「それより江戸ってどんなところか聞かせて」

とあんずが言い、

「おれたちさ、八丁堀って町奉行所の与力・同心が住まう土地しか知らないってのが、こんどの旅でよく分かったよ。おれたちより駿太郎さんのほうがさ、お城から深川まで承知してるよな」

「えっ、駿太郎さんは公方様のお城を知っているの」

とお桃が駿太郎を見た。

「ああ、土鍋が吹いているぞ」

と嘉一が気付き、あんずが蓋をとって、

「美味しそうな雑炊ができたわ。そうか、薬王院は白いごはんを食べているんだ」

と言いながら、雑多な器にそれぞれ装って、各自に渡していった。

「私たち、若い江戸のお侍さん方と夕餉を食べるなんて夢にも思わなかったわ」

とお桃が言い、

「明日には、おれたちがさ、悪いやつらを追っ払ってやるからさ、安心してな」

と祥次郎が胸を張り、

「あら、祥次郎さん、駿太郎さんより強いの」

「お桃さん、兄者も敵わないくらい駿太郎さんは強いんだぞ、おれなんか相手にもしてもらえないもの」

「いえ、こたびの旅で皆さんの足腰がしっかりして、剣術も以前より強くなりましたよ。明日は戦い方次第で相手をまかせます。勝てば自信になりますしね、きっと桃井先生が驚かれます」

「そうか、おれたち、強くなったんだ」

若い八人に二人の娘が加わり、賑やかなおしゃべりを肴の夕餉が終わった。

「お桃さん、あんずさん、これから正源寺に戻られますか」

駿太郎が質した。娘二人、裏高尾の夜道を戻すわけにはいくまいと思ったのだ。

「いえ、今晩は杣小屋で過ごすと和尚さんに言い残してきたの」

とお桃が応じたとき、アカが激しく羽目板を蹴り、ひひーんと鳴いた。

「だれかが来たようだ。話し声がやつらの耳に入ったかな」

と壮吾が言い、さっと全員が刀や脇差を差した。駿太郎が木刀を手にし、三太郎が杣弓を構え、それ以外の五人は金剛杖を持った。

「おい、こんなところに小屋があるぞ。娘の笑い声がしなかったか」

「郷の連中、年寄りしかおらぬというたが、騙しおったか。おい、神林、日比谷十兵衛の傲慢さが鼻について逃げ出すのが早かったかのう」

「おれたちがこの小屋を乗っ取って、当座の隠れ家にしようか」

と言い合う声がした。三太郎が、

「あの声は、稲田なんとかって棒術の遣い手だ」

と囁いて駿太郎に教えた。

壮吾が年少組に、

「そなたら、二人の娘を守るのだ」

と命ずると土間に下りた。

戸口の左右に壮吾と駿太郎が立った。

三太郎は板の間に杣弓を持って控えた。

「いい匂いがしてないか、食い物があるぞ」

という声とともに夜露を衣服につけた三人が入ってきて、

「なんと娘が二人に、おや、三公までおるぞ。叩きのめしてくれん」

と囲炉裏端を見た。

「稲田さんよ、おまえさんの相手はおれたちじゃねえな」

三太郎の声と同時に、駿太郎と壮吾の木刀と金剛杖が振るわれ、稲田某と二番手の神林と呼ばれた浪人者が倒れ込んだ。

三人目は着流しに頬かぶりをした町人だった。逃げようとするのを、

「待て、仲間を捨てて逃げる気ですか」

駿太郎の木刀に鳩尾を突かれた。迅速な技に、きゅっ、といううめき声を漏らして前のめりにこちらもあっさりと倒れ込んだ。

一瞬の先制攻撃だった。

お桃もあんずも茫然として声もない。

「ね、言っただろう。駿太郎さんはうちの兄者より一段と動きが早くて強いだろ」

と祥次郎が威張った。

「この者たち、どうしましょうか、壮吾さん」

「話の具合からこやつらがあの郷に戻ることはなかろう。縄で縛ってアカの近くに転がしておこうか。われらが明日の未明にお桃さんの屋敷を襲う前に、髷を切って放り出そう」

「念のため、刀と棒術の道具はこちらで預かっておきましょう」

稲田某ら三人を杣小屋にあった縄で高手小手に縛り、アカの傍らに転がした。

「これで相手は九人、味方は八人になったな、駿太郎さん」

と壮吾が満足げな顔で言った。

二

翌朝七つの刻限に駿太郎らは行動を開始した。

稲田某ら三人を解き放つのは人質になっているお桃の両親を助け出してからでも遅くあるまいと壮吾、駿太郎、それに三太郎が話し合ってアカの入っていた杣小屋の厩にしっかりと繋いでいくことにした。

アカと娘二人を伴った一行はまず正源寺を目指した。お桃とあんずとアカを山寺に預けるためだ。

山寺に着いたとき、夏の夜明けが訪れようとしていた。

「三太郎さん、なんとしてもお父つぁんとおっ母さんを助けてね」

「お桃さん、心配するなって、おれが救い出してやるよ」

お桃に約束した三太郎は腰に神林から奪った脇差を差し、手には杣弓と矢を七、八本携えていた。

正源寺を出た一行は、男だけ八人になって身軽になり、郷名主の屋敷に向かった。手造りの飛び道具だった。威力はないが先制攻撃にはなった。

「よいか、繁次郎、そなたら年少組は決して一人で戦おうなんて思うな。駿太郎さんを除く五人が一緒にかたまり、相手方の一人に襲いかかるのだ。他のやつらはそれがしと駿太郎さんが受け持つ」

と壮吾が言い切り、

「分かった」

と金剛杖を手にした年少組の頭の森尾繁次郎は、見習与力にして桃井道場の先輩の注意を緊張の顔で聞いた。

「三太郎、お桃さんの両親は二階の蚕部屋に閉じ込められているんだな」

と壮吾が念押しした。

「そうすえから聞いたぞ」

「まずお桃さんの二親を助け出すのが先だな」

　と壮吾が言い、

「三太郎、名主屋敷の一階を通らずに二階の蚕部屋に入る方法はないか」

　と尋ねた。

　すると、にたりと笑った三太郎が、

「岩代さん、あるぞ」

　となにか思い出した様子で応じた。

「そのほう、お桃と密かに会う折にその手を使ったか」

　と北町奉行所の見習与力が三太郎の笑いを、そう看破した。

「さすがだな、見習といえども与力の推測は大したものだ」

　と三太郎が答え、さらに、

「名主屋敷の裏にある欅の大木の枝が屋根に差し掛かっているんだよ。おれがさ、欅の枝から屋根に下りて風抜きの格子戸を外せば蚕部屋に入ることができるのを知ったのは十五、六の歳のことだ。今だって出来ぬことはあるまい」

　と三太郎は幾たびかその方法で名主屋敷の蚕部屋に入りお桃と逢引きしていた秘密をばらした。

「三太郎ひとりで大丈夫かのう」

と壮吾が案じて駿太郎を見た。

「壮吾さん、私が三太郎さんと一緒にいきます」

と答える駿太郎に、しばし考えた壮吾が、

「われらが二手に分かれることがよいことかどうか」

と迷いの言葉を口にした。

「まず三太郎さんと私の二人でお桃さんの親御さんを助け出します。そのうえで蚕部屋のわれらが壮吾さん方に合図を送り、一気に表戸口と蚕部屋から一階に入り込みませんか。あの者たちが酔いつぶれていると、われらは助かるんですがね」

と駿太郎が言い、壮吾が大きく頷いた。

「名主夫婦を助けたらおれが鶯の鳴き声で、八丁堀のご一統に知らせよう」

と三太郎がいうと鶯の鳴き声を真似てみせた。

「三太郎はなかなかの芸達者だのう」

壮吾が感心の体で頷き、昨晩描いた名主屋敷の見取り図を頭に叩きこんだ一同が分かったという表情で応じた。

「あやつらが名主屋敷に入り込んで以来、門にも屋敷の戸にも、閂（かんぬき）も心張棒もかけられてないと下女のすえがあんずさんに言ったらしい。われらは三太郎の合図を待って一気に屋敷に侵入する」

と壮吾が最後の決断をなした。

名主屋敷に未明の光が差し始めていた。

駿太郎は三太郎の案内で名主屋敷の裏手に回った。

確かに欅の大木が聳えていた。

三太郎は、用意してきた手鉤のついた縄を投げ上げて枝にからめると、綱を引っ張ってからみ具合を確かめ、するすると登っていった。手慣れたものだ。その動きは三太郎が名主屋敷に幾たびとなく忍び込んだことを示していた。

「駿太郎さん」

と潜み声で呼ばれた駿太郎は背に木刀を負って三太郎が投げかけた縄を使い、音を立てぬように三太郎のいる大枝へと上がっていった。

「もう一本上の枝が屋根に差し掛かっているから、そこからおりると楽なんだ、駿太郎さんは木登りが上手だな」

「須崎村のわが家の周りにも結構大きな木が生えていましてね、剣術の稽古に飽きると木登りをしていましたからね、木登りくらいできますよ」

しばし沈黙して枝の上でじぃっとしていた三太郎が、

「駿太郎さん、おりゃ、ずっと気になっていたことがあるんだ」

「なんのことですか」

と駿太郎が問い返した。

朝の光はおぼろだった。そのせいか三太郎の顔はこれまで見たこともないほど暗く沈んでいた。

「おれの朋輩の岩松が奉公を辞したあと、村近くまで戻って殺され、給金を奪われたんだ。あれは万時屋の用心棒浪人の仕事じゃない。ありゃ、孤狼と呼ばれる一匹狼の仕事だ。こいつの正体を承知なのは寺社奉行の役人に殺された万時屋悠楽斎だけだ。というのもな、噂だが悠楽斎の嫡男の壱行僧と孤狼とは異母兄弟だそうだが、壱行も孤狼のことを知らない。ともかくこいつが万時屋の汚れ仕事の始末屋だというのだ。おりゃ、名主屋敷のなかに孤狼が紛れているんじゃないかとふと気付いたんだ」

「三太郎さん、名主さんの屋敷にいる者のなかに孤狼がいるというのですか」

「そうとしか思えないのだ。おりゃな、万時屋に奉公して孤狼の噂を聞いたとき、ばかなふりして使い走りをするのが生き残る道だと考えたんだ」

駿太郎は、なんという話か、と呆れ顔で三太郎を見た。冗談を言っている表情ではなかった。

「孤狼は人を殺すのをなんとも思ってない。相手は孤狼がだれか知らないのだから、油断しているところを殺られるのだ。だから、夕べな、怖がるといけないと思い、みんなの前では話さなかったんだ。駿太郎さんの仲間はまだ子どもだもんな」

三太郎はなかなか思慮深く慎重だった。

「三太郎さんは十年ほど万時屋に奉公していたんですよね、それでも孤狼がだれか見当もつきませんでしたか」

つかねえ、と三太郎が首を横に振った。

「おりゃ、父親の悠楽斎が寺社奉行の役人に殺される場にいた、駿太郎さんの親父様もな。あのとき、必ずや日比谷ら用心棒の一団に孤狼は潜んでいたはずだ。悠楽斎が寺社方の役人に殺されたとき、孤狼は赤目小籐次様のいる前では正体を見せられないと咄嗟に思ったのだろう。それであの場から逃げてこの郷に潜り込んだんじゃなかろうか」

「驚きました」

「駿太郎さんなら孤狼に太刀打ちできるかもしれねえ。だが、名主さんの屋敷にいるだれが孤狼か分からない」

ふっ、と思わず駿太郎は息を吐き、

「岩代壮吾さん方を待たせています。まずやつらと顔を合わせて、一味のなかからだれが孤狼か、二人で判断しませんか。もはや壮吾さんと相談する暇はありません」

小声で話し合った二人は、もう一段高く、藁ぶき屋根にさしかけている欅の枝に這いのぼり、枝を利用して音がせぬように飛び下りると風抜きの格子戸が嵌められた壁の横手に出た。三太郎は手慣れた手つきで戸を外した。

「三太郎さん、さすがに慣れてますね」

えっへっへへ、と笑った三太郎は最前の深刻な顔とは異なり、

「お桃さんと蚕部屋で会う折に幾たびも使ったからな」

ともらすと、何十畳もありそうな広い蚕部屋に二人は忍び込んだ。外したばかりの戸口から白み始めた光が入ってきた。

捉われ人の名主の作左衛門ともん夫婦は、蚕部屋の片隅で夜具にくるまってい

た。だが、このお桃の両親はすでに侵入者の気配に気づき、不安に緊張している
と駿太郎は察した。

「名主さん、三太郎だ。助けにきたぞ」

と三太郎が小声で伝えた。

「三太郎だと、あんずの兄さんか」

「ああ、横山宿の万時屋に働きに出ていた三太郎だ。お桃さんは山寺におる、無
事ゆえ安心してくれ」

「連れはだれだ」

「駿太郎さんといって、薬王院の知り合いだ。こんどの一件でおれたちを助けて
くれている人だ。外には仲間がいる」

と三太郎が説明し、

「あやつら、寝込んでおるか」

と聞いた。

「夜通し酒を飲んでいるでな、今ごろは深々と眠り込んでいるだろうよ」

よし、と応じた三太郎が、

「名主さん、蚕部屋から動いちゃならねえぞ。おれたちがあやつらの不意を襲う

からな」

「三太郎、大丈夫か、あやつらは十人以上もいるぞ」

「案ずるな、昨晩な、下の仲間の三人が日比谷十兵衛という頭分が横暴というので逃げ出したのを杣小屋で捕まえて、縛ってある。だからよ、今は九人しかいめえ」

と安心させた三太郎が最前外した戸口から鶯の鳴き声を発して岩代壮吾らに、名主夫婦を無事に助けたことを知らせた。

「駿太郎さん、これからはおまえさんと壮吾さんが頼みだ」

「三太郎さん、分かりました。階下への階段を教えて下さい」

と願う駿太郎の声に、

「階段じゃねえ。上り下りするとき、段ばしごを立てかけるんだ」

「三太郎、おまえ、うちの屋敷をよう承知じゃのう」

とお桃の父親が質し、

「名主さんよ、そんなことを言っている場合か。あやつらを叩きのめして追い出すのが先だぞ」

と三太郎が慌てて話柄を変えた。しばし間があって、

「三太郎、仲間ってのはおまえより若いんじゃねえか」

と不安げな声で質した。

「名主さんよ、心配することはねえ。駿太郎さんの親父様の名を聞いたら、名主さんもびっくりするぞ」

「だれだ、この若い衆の親父は」

「名主さんは、江戸で有名な赤目小籐次様って知らないか」

「まさか、酔いどれ小籐次様のことじゃあるまいな」

「そう、その酔いどれ様が駿太郎さんの親父様だ、といってもかなりのじじいだがな」

と余計なことまで三太郎が付け加えた。

「薬王院に紙問屋が品物を納めにきておると聞いたが、赤目様も同道してきたか」

「おう、おれと酔いどれ様はもはや腹を割って話せる間柄よ」

安堵した名主の作左衛門が、

「赤目様がうちに来て、わしらを助けてくれるか」

と念押しした。

「いや、赤目様は高尾山の琵琶滝にいてな、研ぎ仕事をしておるそうな」

「なに、赤目様はおらんのか、このお方はいくつだ」

と作左衛門が愕然として聞いた。

「未だ十三だ」

「背丈は高いが十三だと、子どもではねえか」

「見ておれ、木刀を振り回すところを見たらびっくりするぞ」

と三太郎がいつまでも話しているのを制した駿太郎が、

「壮吾さんたちがすでに屋敷に入り込んでいますよ」

と教えた。

「いいか、名主さんよ、戦が終わるまで蚕部屋にいるんだぞ」

と三太郎が名主の作左衛門に念押しして、

「こっちだ、駿太郎さんよ」

駿太郎は背に負っていた木刀をすでに手にして、三太郎は杣弓を射る構えで蚕部屋の段ばしごを降りた。

そのとき、

「何者だ、稲田らが戻ってきたか」

という日比谷十兵衛の声に、

「日比谷なにがし、もはやそのほうらの明日はないと思え。江戸北町奉行所見習与力岩代壮吾と仲間がそのほうらを一網打尽にしてくれん」

と壮吾が応ずる険しい声が響き渡った。

日比谷一派が寝床からばたばたと飛び起きて刀を摑み応戦する構えを見せた。

夏のことだ、雨戸は閉じられていなかった。障子は閉まっていたが、朝の光で座敷はよく見えた。

「なんだ、餓鬼どもではないか」

と日比谷一派の一人がせせら嗤った。

「なにが北町奉行所だ、見習与力だ。こりゃ、村芝居か」

と日比谷の仲間の浪人者が壮吾を嘲弄した。

「八丁堀の与力・同心の子弟にして鏡心明智流桃井春蔵道場の門弟である。大人しく縛につけ」

壮吾の返答に、

「赤目小籐次もおらぬとなれば叩き斬ってしまえ」

「とくと聞け、昨晩、そのほうらの一味の稲田某ら三人を捕らえてある。赤目様は不在じゃが、赤目様の嫡子の駿太郎さんがおるわ」

「なに、稲田らはそなたらに捕まったというか、この餓鬼どもがあの三人を捕まえたというか」

「いかにもさよう」

「ご一統、こけ威しの虚言じゃぞ。ひと息に始末してこの郷に見切りをつけるぞ」

と日比谷十兵衛が仲間に命じた。

「日比谷どの、餓鬼相手に刀は振るいたくないな。なにより一文にもなるまい」

「こやつらを叩き斬って郷名主の屋敷を探せば、路銀くらい出てこよう」

と日比谷が言ったとき、祥次郎が金剛杖を構えると一人の浪人者の腹部を力まかせに突いた。

「あ、いたた」

と叫びながら、金剛杖の先を片手で握った相手が、

「なにをしやがる餓鬼めが、憐憫などかける要はなかったか」

といきなり刀を抜いて金剛杖を叩き斬ったせいで、不意を突かれた祥次郎が尻もちをついた。

浪人が祥次郎に向かって刀を振りかぶった。

「あわあわあわ、だれか助けてくれ」

と祥次郎が悲鳴を上げたとき、杣弓の音がして浪人者の背中に矢が突き立った。加減をして射た矢だ、深く突き立ってはいなかった。

「ああ、やられた」

と矢を抜こうとして振り向いた浪人が、

「てめえは三公じゃないか」

と段ばしごで杣弓を構えた三太郎に言った。

「おお、おめえは日比谷十兵衛の腰巾着の武光猪之吉だったたな。おりゃ、もはや三公でもなければ三の字でもない、三太郎って親からもらった名に戻った。次はだれがおれのこの矢を突き立てられたいよ」

と三太郎が段ばしごの途中で見得を切った。

駿太郎は三太郎の傍らから板の間に飛び下りて、木刀を翳して寝起きの浪人の群れに飛び込んでいった。

「よし、行くぞ」

と岩代壮吾も金剛杖を手に、

「祥次郎、いつまで尻もちをついておるのだ。五人一緒にとあれほどいうたに抜け駆けするからさような無様な目に遭うのだ」

と叱咤した。

「よし、おれたちも行くぞ」

年少組の頭森尾繁次郎らが四人がかりで一人の浪人者を金剛杖で突きたてた。

「く、くそっ、餓鬼どもめ」

と四方から突かれる金剛杖を持て余してよろめくと、未だ尻もちをついていた祥次郎の顔の前に浪人の足がきた。

祥次郎は半分に切られた残りの金剛杖を手にしていたが、その杖で浪人の脛をがつんと思い切り叩くと、

「ぎゃあっ」

と浪人は傍らに転がって悲鳴を上げた。

「岩代祥次郎、敵方の一人を撃ち取ったり」

と祥次郎が叫んだ。

岩代壮吾は頭分の日比谷十兵衛を狙って金剛杖で突きまくった。その傍らでは駿太郎が手に馴染んだ愛用の木刀で一人ふたりと叩き伏せていた。

一気に形勢が桃井道場の門弟衆に傾き、金剛杖や木刀で殴られた浪人どもが、

「ここはいったん退散じゃ」

と一人また一人と逃げ出した。

三

壮吾が金剛杖で日比谷某を追い詰めたとき、さすがに用心棒稼業で長年めしを食ってきた日比谷が必死の反撃に出て、金剛杖を叩き切った。

「あ、しまった」

と短くなった金剛杖を捨てた壮吾が刀に手をかけた。その瞬間、小籐次が鍔と栗形を結んだ紙縒りが壮吾の目に入って、躊躇(ちゅうちょ)した。

「死ね」

と日比谷が新たな片手斬りをくりだした。

咄嗟に壮吾はその場に転がり、二太刀目を避けた。それを見た日比谷が踏み込み様にさらに片手斬りを見舞おうとした。

そのとき、その腕に矢が突き立った。

「お、おのれ」

と三太郎を睨んだ日比谷が最後まで残った二人の仲間とともに逃げ出した。

「待て、待ちやがれ」

　と嘉一らが日比谷一統を追おうとしたが、

「追うのは止めよ、大した相手ではないでな」

　と床から立ち上がった壮吾が年少組を制止し、

「三太郎、助かった。礼をいうぞ」

　と助勢を感謝した。

「おうおう、われらの勝ちじゃな」

　と祥次郎が言った。

「勝ちは勝ちじゃが、われら兄弟、よいところはなかったぞ」

　と壮吾は苦笑いした。

「いえ、勝ちでも負けでもありません。この郷を見廻って村人が無事かどうか確かめるのが先です」

　駿太郎の言葉に三太郎が、

「名主さん、作左衛門さん、あやつらを叩き出したぞ」

　と二階の蚕部屋に叫んだ。

　駿太郎が三太郎を見ると、逃げ散った日比谷らの中に孤狼がいたとは思えないという風に首を横に振った。駿太郎もやくざ者のなかに残酷非情の孤狼が混じっていたとは思えなかった。

名主方の下女のすえを案内方に、菜の花の郷を見廻って歩き、郷の全員が無事であるかどうか確かめることになった。


駿太郎は三太郎と一緒に杣小屋に戻ってみることにした。昨夜の三人があまりにも手応えがなさ過ぎたことが気になったからだ。

杣小屋に戻る道々その話をすると三太郎が、

「駿太郎さんは稲田ら三人のなかに孤狼が潜んでいるというのか」

「日比谷らのなかにいたとは思えないのです。稲田ら三人組の一人は町人でしたね」

「あいつはな、おの字と呼ばれる頼りない若い衆だぞ」

と言った三太郎が、あっ、と叫んだ。

「おれといっしょでまともに名を呼ばれなかった万時屋の手下の一人がおの字なんだよ」

「おの字は狼のおだとしたら、私が木刀で突いて転がした三人目が孤狼かもしれませんよ」

「駿太郎さん、となるとおれたち、すでに孤狼を捕まえていたのか」

「急ぎましょう。気になります」

二人は杣小屋に向かって走り出した。

杣小屋の戸が開けっぱなしで風にがたがたと揺れていた。

「戸は閉めていったぞ。それにアカの気配がない」

と三太郎が呻いた。

駿太郎が木刀を構えて杣小屋に飛び込むと血の臭いが漂ってきた。

「なんてことを」

「ああ、稲田と神林が」

と三太郎が絶句した。

縛られたまま二人は刺殺されていた。

「やっぱりおの字が孤狼か、駿太郎さんよ」

「こんなひどいことができるのは孤狼と呼ばれる悠楽斎の倅だけかもしれませんね。私が木刀で突いて気絶させましたが、孤狼は目を覚ましたあと、隠し持っていた刃物で縄を切ったんでしょう」

杣小屋の隅に切られた縄が投げ捨てられていた。

「ぶっ魂消たな。あやつ、アカに乗って逃げたのか」

と三太郎が言い、駿太郎はしばし考えた。

「三太郎さんの家は郷外れ、山寺の隣といいましたね」

「おお、ぼろ寺の隣のぼろ家がおれの家だ」

「三太郎さん、寺社奉行のお役人のお目こぼしで、これまで働いた給金を頂戴したそうですね。そのお金、身につけてますか」

「いや、お桃さんとあんずが杣小屋に昨夜泊まったな。あの折、二人に預けたんだ。そのほうが安心だからな」

「よし、正源寺に行きましょう」

「ああ、孤狼の野郎、お桃さんとあんずに眼をつけたのか」

「当座の金子を二人から奪うつもりではありませんか」

「駿太郎さん、大変だ。寺にいくぞ」

と走り出した三太郎のあとに駿太郎は従った。

正源寺の数丁手前から迂回して三太郎は寺の背後の山に入り込み、密かに近づくことにした。

裏高尾の山から流れくる水が正源寺の傍らにある岩場から滝になって落ちていた。琵琶滝よりも格段に高く、水量も多かった。

二人は岩場から寺を見下ろしたが、古びた本堂も庫裏も滝音以外、妙に森閑としていた。

「こいつはな、底なしの滝といって滝壺に落ちたら一巻の終わりだ」

「落ちないように注意します。ところで、寺には何人住んでいるんです」

「年寄りの和尚とお桃とあんずの三人だぞ。それにしてもえらく静かじゃないか。

壮吾さんたちが二人を名主屋敷に連れていったかな」

「いえ、この静けさは異様ですね」

（嫌な感じだ）

と駿太郎は思った。

突然女の悲鳴が上がった。

「お桃さんの声だ」

と三太郎が動揺した。

「よし、三太郎さん、寺に下りる道へ案内してください」

二人は岩場を伝い、正源寺の本堂の裏手に出た。

「私が先に行きます」

　駿太郎が何十年も手入れがなされていない回廊に這いあがり、裏手から本堂に入り込んだ。

「この金子はどうしたえ」

　と若い声がした。

「やっぱりおの字が孤狼だ」

　三太郎は自分の言った言葉を未だ完全には信じていなかったのか、呟いた。

　駿太郎は三太郎に頷き返し、仕草でこれからは自分一人が孤狼に対応すると告げた。本堂に入ると滝の音はかき消えていた。

　杣弓を手にした三太郎が須弥壇の背後に回っていった。

　駿太郎が須弥壇の前に近づくと和尚と思しき年寄りが手足を縛られて床に転がされているのが見えた。

　お桃の首に片手をかけた着流しのおの字の背中が見えた。その前にあんずが恐怖の顔で座らされていた。

　駿太郎は足を止めた。

「おめえは、酔いどれ小籐次の倅だってな」

と後ろも見ずに孤狼が指摘した。

「おの字さんは、薬王院の壱行僧侶頭の異母弟にして、孤狼と呼ばれる殺し屋のようですね。万時屋の後始末がそなたの務めですか」

「人それぞれ役目があるでな、致し方あるめえ」

と不意に駿太郎を振り返った。

お桃の頬に匕首が突き付けられていた。

「親父の夢も壱行って異母兄の野心もおまえらのせいで消え果てた。さあて、この始末どうしたものか」

と細い両眼をすがめて駿太郎を見た。

「木刀と腰の刀を捨てねえな」

しばし間を置いた駿太郎が木刀を須弥壇の前に投げた。そして、孫六兼元の下げ緒を解こうとした。

「おい、三公、三の字、どこへいやがる。出てこねえと名主の娘の顔を切り刻むぜ」

と本堂に響きわたる甲高い声で孤狼が叫んだ。

「いやだ、三太郎さん、助けて」

とお桃が悲鳴を上げた。

「私は独りでこのお寺さんに来ましたよ、おの字さん」

駿太郎が孤狼の注意を引こうと声をかけた。

「てめえ独りだと、そんなことがあるものか。おめえらは二人でつるんでいたじゃねえか」

と一瞬孤狼のすが目が駿太郎を睨んだ。

その瞬間、須弥壇の後ろから杣弓の弦音が響いて、孤狼はお桃の首に手をかけたまま床に転がった。矢は本堂の板壁の高いところに突き立った。三太郎はお桃に矢が当たることを恐れて孤狼を狙わなかったのだ。

孤狼とお桃が床に転がったとき、匕首がお桃の顔から離れているのを目に止めた駿太郎は、咄嗟に孫六兼元を抜き放つと孤狼の匕首を握った手首を絶ち斬った。

うう
と呻いた孤狼が斬られた手首を別の手で抱え込み、本堂の床を駆け抜けると、閉じられていた雨戸に体ごとぶっつけて破壊し、回廊から虚空に飛んだ。

その直後、悲鳴が上がった。

駿太郎はお桃を助け起こすと、

「怪我はありませんか」

「け、けがはしていないわ。あの人、だれなの」

と駿太郎に聞いた。

「私も初めて見る人です」

駿太郎はあんずに眼をやった。

「私も大丈夫よ、駿太郎さん。それより和尚さんの縄を解いてあげて」

と願った。

「和尚さん、もう少しの辛抱です」

駿太郎は孫六兼元の切先で手足を縛った縄を切った。

「ふううっ」

と和尚が吐息をついた。

孤狼が破壊した雨戸の向こうに三太郎が顔をのぞかせて、

「和尚さんよ、おの字の野郎、正源寺の底なしの滝壺に飛び込んでいきやがったぜ」

「三太郎、おまえの仲間か」

と和尚が質した。

「和尚さんよ、おりゃ、正源寺の底なしの滝壺に飛び込む勇気はねえや、仲間なんかじゃないぞ」

「おまえは幼いころから知恵者じゃったが、臆病者でもあったからな、うちの滝壺には飛び込めまいよ。あやつは骸になっても当分上がってこまいな、なんまいだなんまいだ」

と和尚が読経して孤狼の死を宣告した。


昼の刻限、名主屋敷に郷の住人すべてが集まっていた。正源寺の和尚もお桃もあんずの姿もあった。

「駿太郎さんよ、あいつら、日比谷たちはこの村に戻ってくる気遣いはないかね」

と三太郎が尋ねた。

「どうでしょう、壮吾さん」

と駿太郎は壮吾にその返答を求めた。

「まず戻ってくることはあるまい。だが、なにがあってもいかぬ、われらが数日、この郷に逗留するのはどうかな」

と壮吾は駿太郎に問い返した。

「それはいい考えですね。あの者たちがいたせいで、郷が荒らされたのではありませんか。私どももお手伝いします、元の郷に戻しましょう」

　と駿太郎が願い、

「名主さん、な、赤目小籐次様がいなくても、桃井道場の門弟衆もなかなかやるだろう」

　と三太郎が胸を張った。

「三太郎、いえ、三太郎さんは命の恩人じゃでな、それがしはなにも言えぬな」

　と岩代壮吾が自嘲した。

「壮吾さん、あのときの行動を父が知ったら、きっと『わしの意を汲んでくれたか』と喜ぶと思いますよ」

　と駿太郎は壮吾の一瞬の迷い、刀の鍔と栗形を結んだ紙縒りを注視した行動をこう表現した。

　名主屋敷の門前に繋がれていたアカが、ひひーんと鳴いた。

「馬もさ、腹が減ったと鳴いておるぞ、おれも腹が空いた」

　と祥次郎がだれとはなしに漏らし、

「江戸の若様方にめしをつくってさしあげます。しばらくご辛抱を」

　すえが応じて菜の花の咲き誇る郷に静かな日々が戻ってきた。

三日後の昼下がり、琵琶滝の研ぎ場で小籐次は菖蒲正宗の拭いの作業に入っていた。

久しぶりに緊張する研ぎ仕事だった。同時に研ぎ甲斐のある菖蒲正宗の手入れに満足感を覚えていた。

拭いとは刀身に光沢を与える最後の工程だ。

菖蒲正宗は刀身五寸一分だが、太刀と違い、繊細極まる懐剣だった。

微細な粉末にした酸化鉄と丁子油を混ぜて吉野紙で漉したものをつける金肌拭いをしたあと、五寸一分の刃の部分だけを白く仕上げる刃取りをやった。さらに子次郎が購ってきた細い鉄棒で棟と鎬地に磨きをかけると、刀独特の黒い光沢が菖蒲正宗に艶をあたえた。

しばし小籐次は菖蒲正宗に見入って己の仕事を見直した。彫物の菖蒲がなんとも美しく、曇りは一切感じられなかった。

「よかろう」

という言葉が小籐次の口から洩れた。

研ぎ場に鼠の根付をかけると、柄に茎を納めて目釘を打った。

琵琶滝から夏の陽射しが消えていた。西の山の端に陽が沈み、いつしか夕暮れが訪れていた。

小籐次は、滝音を聞きながら菖蒲正宗を静かに鞘に戻した。

不意に研ぎ場に人の気配がした。

「子次郎どのか」

小籐次が菖蒲正宗を差し出した。

「拝見致します」

両手に懐剣を捧げ持った姿勢のまま子次郎がしばし瞑目していたが、鞘を払った。そして、小籐次に預けて以来、常に脳裏の片隅にあった懐剣の刀身に子次郎は眼を開いて見入った。

弱くなった夏の夕暮れの光に浮かんだ菖蒲正宗の刃は、なんとも美しかった。この菖蒲正宗ならば姫様に似合いだと子次郎は思った。

長いときが流れた。

子次郎は沈黙したまま刃に見入っていた。

「なんぞ不満があればいうてくれぬか。直しを致す」

小籐次の問いに子次郎は、

ふうっ
と吐息で答え、

「わっしの勘は間違いじゃございませんでした」

と正直な気持ちを述べた。

「安堵した」

「ありがとうございました」

「礼をいうのはそれがしのほうじゃ。この菖蒲正宗がそなたの手から持ち主に戻り、姫君が幸せになることを赤目小籐次、願うておる」

「へえ」

と答えた子次郎からいったん菖蒲正宗を手に返してもらった小籐次は、錦の古裂の袋に丁寧に納め、

「実に眼福であった」

と大仕事を終えた満足感とともに返却した。

「赤目様」

と名を呼んだ子次郎が言葉を続けるかどうか迷っていた。

「もはやそなたとそれがし、この菖蒲正宗を通じて客と研ぎ師の間柄を超えてい

よう。胸のうちの頼みを打ち明けぬか」

「へえ、赤目様は近々江戸に戻られますな」

「大仕事が終わったでな」

「赤目様にお会いしたい折は久慈屋を訪ねてようございますか」

「久慈屋でも構わぬが、そなたの用事には須崎村がよくはないか」

「望外川荘をわっしのような盗人が訪ねてよいので」

「無益な言葉を弄するでない」

「お訪ねします」

と応じた子次郎が懐剣を懐に入れて深々と小籐次に一礼した。

「今から江戸へ走るか」

「へえ」

「そなたの願いが叶うことを望む。気をつけて夜道を戻れ」

「へえ」

と返事を残した子次郎が琵琶滝の研ぎ場から姿を消した。

四半刻が過ぎた頃合い、こんどは賑やかな声が琵琶滝に響いた。

「おお、駿太郎ら、戻ってきおったか」

「父上、懐剣の研ぎは終わりましたか」

「おお、最前、客に戻したところよ」

「それはようございました」

と駿太郎が答え、

「赤目様、われらも江戸へ戻りますか」

と岩代壮吾が質した。

「皆も江戸が恋しくなったか。明日の朝、薬王院の貫首どのに挨拶をしてその足で高尾山を下りようかのう」

小籐次の言葉に祥次郎らが嬉しそうに笑った。

「そなたらもあれこれとあったようじゃな」

「赤目様、なにがあったかお聞きになりませぬか」

「壮吾どの、そなたらの顔を見て察しはついた。よき経験をしたようじゃな、皆顔つきが旅に出る前よりもしっかりしておるでな」

「おお、駿太郎さんのじい様に褒められたぞ」

と祥次郎が言い、

「祥次郎、じい様ではない。駿太郎どのの父上じゃぞ」

と兄が弟に注意した。だが、両者ともに以前のようにぎすぎすした言動は一切なかった。旅がなにかを学ばせたな、と小籐次は大きく頷いた。

四

芝口橋の紙問屋久慈屋の手代の国三は、御堀の上流側から賑やかな声が聞こえてくることに気付いた。店の前に出て声の方角に視線を向けると、小籐次と岩代壮吾の姿が見え、その背後には桃井道場の年少組の六人が従っていた。新しかった菅笠は傷み、顔色が初夏の陽射しに焼けて精悍な感じがした。旅慣れたせいだろうか。

八つ半（午後三時）の刻限だ。

「旦那様、大番頭さん、赤目様方が江戸に戻って参られました」

「おお、あの声は桃井道場年少組の門弟衆の声ですか。なにやら力強くて張りがございますな」

と観右衛門が応じ、昌右衛門はにっこりと微笑んだ。

「片道一泊二日の旅とは思えぬほど長旅になりました」

との昌右衛門の声を聞きながら、

「小僧さん、手伝ってくださいな。赤目様親子の人形を仕舞いますでな」

と国三が小僧たちに声をかけた。

しばらくして芝口橋を往来する人から、

「おや、酔いどれ様方が江戸に戻ってきましたよ」

「なにやら元気そうな様子です」

との声が聞こえ、年少組六人が久慈屋の店頭に横一列に並んだ。

「久慈屋どの、いささか予定より遅れましたが、桃井道場の年少組六人も無事息災で、かように江戸へ戻りましたぞ」

と小籐次が挨拶し、続いて、

「アサリ河岸鏡心明智流桃井道場門弟七人、ただ今帰着致しました。こたびは良き機会を与えていただきまして、われら貴重な経験を積むことができたことを感謝申し上げます」

と年少組の目付方壮吾が述べ、最後に年少組六人が声を揃えて、

「ありがとうございました」

と礼を述べた。

「ささっ、女衆、足を洗う水を運んできてくださいな」

と観右衛門が奥へと命じたが、

「大番頭どの、草鞋を脱ぐとまた履くのが面倒です。われら八丁堀組はこのまま屋敷に戻ります」

と壮吾が応じるのを、

「そう、申されますな。奥に通るのが面倒ならば台所の板の間にてお茶くらい飲んでいってくださいよ。まだ刻限も早うございます。お屋敷にお戻りになるのはそれからでようございましょう」

と観右衛門が引き止め、

「久慈屋ならばきっと甘味があるぞ」

と祥次郎がにんまりし、嘉一と吉三郎も、

「やはり甘いお菓子は在所より江戸だよな」

と期待の様子でぞろぞろと三和土廊下から久慈屋の広い台所に向かった。

台所では女衆が夕餉の仕度をし始めた刻限だった。

壮吾と年少組は菅笠を脱ぎ、腰から刀を抜いて、草鞋の紐を解いた。

奥からおやえとお鈴が姿を見せて、

「皆さん、お帰りなさい。おお、皆さんのお顔がよう焼けて、一段と逞しくなりました。これで江戸が賑やかになりましょう」

と笑みのおやえがいい、お鈴が草餅やら大福を大皿にてんこ盛りにして運んできた。

ひとしきり賑やかに年少組が江戸の甘味を堪能し、

「やっぱり江戸はいいな」

とすでに二つを食し終えた祥次郎が嬉し気に言った。そんな祥次郎ら十三歳組を見て、

「皆さんのお顔が精悍に見えます」

とお鈴も言った。

「お鈴さん、あれこれとありましたからね。祥次郎はこれまでの祥次郎ではありません。明日、道場にてひと暴れして桃井先生を驚かせます」

と祥次郎が言い切った。そんな弟の言動を見ながら、

「大番頭どの、屋敷でも身内が待っておりますので、本日はこれにて失礼いたします。重ねて申しますが、われらによき道中を経験させてくださった」

と壮吾が挨拶した。

「それはようございました」

と応じた観右衛門が、

「皆さんの働きぶりは旦那様からも車力の八重助親方からも聞いておりますよ。これは久慈屋からのささやかな気持ちにございます」

懐紙に包んだものが森尾繁次郎ら五人の年少組に渡された。顔を見合わせた由之助らが、

「なんだろう」

「おお、金子のようだぞ」

と言い合った。

「お小遣い程度のお礼です、道場の稽古代にでも使って下さい」

と言った観右衛門が壮吾に視線を移して、

「岩代壮吾様は江戸に戻れば、もはや北町奉行所の見習与力職です。そのお方にわずかな金子でも渡すと、賂と勘違いする方が出てもなりません。こたびはお許し下さい」

と詫びると、

「大番頭どの、気遣いあり難く存ずる。それがし、赤目小籐次様と駿太郎さん親子と日夜をともにしてどれほど学んだか、金銭には代えられぬものを頂戴した」

と壮吾が感動の言葉を口にした。

「駿太郎さんはおれたちより働いたぞ。それでも、小遣いはなしか」

と小声で嘉一が駿太郎に質した。

「私ども一家は久慈屋さんの身内です。手伝いをするのは当然なんです。それより、私も皆さんと旅ができて楽しかったですよ。大番頭さん、ありがとう」

と駿太郎が礼を述べたのを見て繁次郎が、

「久慈屋の大番頭どの、忝い。遠慮のう頂戴いたす。われら部屋住みには貴重な小遣いにござる」

と素直な言葉を返した。

「嘉一、二両は入っておるぞ、おれ初めて小判を貰ったぞ」

と祥次郎が手で厚みを確めてもらし、観右衛門が兄の壮吾に、

「今後ともなんぞご用事があれば駿太郎さんと一緒にお顔を見せてくださいな」

と言葉をかけると八丁堀の面々が、

「駿太郎さん、明日、いや明日は無理だな。ともかく道場でな、会おう」

と言いながら満面の笑みで帰っていった。

一方、奥座敷では小籐次と昌右衛門が対面していた。

小籐次は、昌右衛門と国三が車力の連中と高尾山を去って以降の出来事を報告した。

「赤目様、ご苦労様でした。薬王院の内紛は決着がつきましたか」

「吟味物調役の下久保惣衹どのはなかなかさばけたお方でしてな、横山宿の万時屋の始末をてきぱきとなして、万時屋親子にあれこれと騙し取られた金子の一部を江戸の寺社方に諮ることなく、下久保どのの一存で薬王院に返却されました」

「それはようございました」

小籐次が老中青山忠裕の密偵おしんに日野から書状を送ったことを承知していたし、それが老中に伝えられ、寺社奉行と城中で内談したことを江戸に戻って、昌右衛門は知らされていた。万時屋の財産一切合切を寺社方が押収した始末の付け方は、赤目小籐次の判断にそったものと思えた。

そこへ観右衛門と駿太郎が姿を見せた。

「駿太郎、その袋を昌右衛門様にお渡しなされ」

と小籐次が命じ、駿太郎が昌右衛門の前に差し出した。

なんだろうという風に昌右衛門と観右衛門主従が顔を見合わせた。

「中には薬王院にお貸しなされた七百両の小判と山際雲郭貫首の書状が入っております。お確かめくだされ」

「お貸しした七百両を即刻ご返却ですか。驚きましたな」

観右衛門が袋を解き、書状を昌右衛門に差し出した。その場で雲郭貫首の書状に目を通し始めた。

薬王院を立つ前夜、小籐次一人が雲郭貫首に会い、返金の七百両と書状を預かったのだ。帰路はその荷を駿太郎が背に負って江戸まで戻ってきた。

書状を二度三度と読み返した昌右衛門が観右衛門に渡して、小籐次に視線を向けた。

「昌右衛門さん、最前も触れましたが、こたびの七百両返金は、下久保どのの英断の賜物でしょうな。万時屋悠楽斎と隠し子は身罷りましたが、薬王院有喜寺の僧侶頭の壱行は、雲郭貫首の温情もあって京の本寺へ十年修行に密かに出されました。もはや薬王院に万時屋の手の者は一人としておりませんでな、今後は、雲郭貫首が寺をまとめていくことでしょう」

と小籐次が断言した。

観右衛門が書状を読み終え、

「旦那様、これはおしんさんが申されるとおり、老中青山様が『赤目小籐次に任せよ』と寺社奉行に申され、かような結末になったのでございましょうな」

と考えを述べ、昌右衛門が頷いた。

「また桃井道場の年少組門弟衆の顔つきもあのようにしっかりとしたところを見ますと、高尾山行の道中は貴重な経験になったようですな」

と観右衛門がいうところにお鈴が膳を運んできた。

「道中から無事にお帰りになった祝いのご酒だそうです。赤目様、一口召し上がって望外川荘のおりょう様のもとへとお戻りくださいとのおやえ様の言葉です」

「父上、小舟は私が漕いで帰ります。どうぞお酒を上がってください」

と駿太郎がいうと、

「帰りは喜多造と若い衆がうちの船で須崎村までお送りしますからな」

と観右衛門がすでに手配していることを告げた。

「なにからなにまで手配りあり難い。ならば今年の高尾山薬王院の紙納めを無事に果たしたことを祝って皆さんと頂戴しましょうか」

と小籐次が大ぶりの猪口に注がれた下り酒を賞味して、

「ふうっ、江戸で頂く酒はまた格別ですな」

と満足げに言ったものだ。

そんな様子を見た駿太郎が三人を奥に残して静かに店に戻っていった。明日からの研ぎ場の仕度を考えてのことだ。

駿太郎の背を見送る小籐次の笑顔を見た昌右衛門が、

「残る一つも無事果たし終えられたようですね」

といまひとつの関心事に触れた。

「研ぎを頼まれた懐剣、菖蒲正宗のことですかな」

「はい」

と昌右衛門が返事をした。

「三日前に手入れを終えました」

「それはなによりでございました。高尾山琵琶滝の研ぎ場は赤目様にとって具合がよろしいようですね」

「昔には駿太郎の孫六兼元も手入れをしましたな。されどこたびの菖蒲正宗、この歳になって得難き経験をさせてもらいました」

「ほう、女物の懐刀(ふところがたな)は手入れが難しゅうございますか」

と観右衛門が問うた。

三人でゆっくりと酒を酌み交わしながらの問答だ。

「刀身五寸一分、菖蒲造には菖蒲の彫物がございましたな。あのような緻密な正宗を手入れするには、赤目小籐次、歳をとりすぎました。せめて十年前、わが眼が利く折に出会いとうございましたな」

「それでも手入れを果たされた」

と昌右衛門。

「眼で見えないところは指の腹で触りながら手入れを進めました。ただ今のそれがしが研ぎをなすとしたら、この手しかございますまい」

「赤目様は眼が老いたと申されましたが、老いた分、指先など鋭敏になって眼を補い、懐剣を手入れできたと思われませぬか」

「さあてどうであろうか」

「で、その懐剣はどちらへ」

と観右衛門が好奇の眼差しで小籐次を見た。

「大番頭どの、研ぎを頼まれた客にお返しいたしました。琵琶滝の研ぎ場でな」

「なんとあのお方、赤目様が研ぎを終えるのを高尾山で待っておられましたか」

「研ぎ終えたゆえ、鼠の根付を研ぎ場においておきますとな、四半刻もせぬうちに姿を見せて、手入れ具合を確かめていきました」

「むろん満足されたのでしょうな」

と観右衛門が質した。

ふっふっふと笑みを漏らしたのが小籐次の返答だった。

「赤目様がそれほど心を砕いて研ぎをされた手入れ、注文をつける者がこの世におりましょうか」

「大番頭どの、あの懐剣、かの者が真の持ち主ではござらぬ。とある大身の姫君が持ち主じゃによって、そのお方がどう申されるか、いささか小籐次案じておる」

「子次郎さんと申されましたかな、あの客人」

「いかにも子次郎と名乗りました。そのことは昌右衛門さんも承知ですな」

「はい」

「なんぞご不審かな」

しばし昌右衛門が盃を手に思案して、

「あのお方が赤目様に懐剣の手入れを頼まれた折から私どもは承知しています。

旅の道中でも時折、赤目様とお会いになっていたようですな」

「それもまた昌右衛門さんは承知ですな。おお、そうじゃ、府中番場宿の騒ぎの折もあの者、すべてを見ておったようじゃ」

「私どもが薬王院へ挨拶に参る山道で襲われた折もあのお方が助けてくれたそうですね」

昌右衛門が言った。

「時折、研ぎ場を覗きにも来ておった」

と昌右衛門と小籐次の問答は続いた。

「赤目様、あの子次郎さん、ただ今江戸を騒がす義賊とは違うようですな。かように子次郎さんは、赤目様とほぼ行動をともにしておられた。子次郎さんが江戸に戻られたのはいつのことですかな」

「われらの江戸帰着よりせいぜいひと晩早く戻ったかのう」

「子次郎さんが江戸を留守にしている間にも、武家屋敷に押込み強盗が入り、一朱一分の金子が裏長屋に投げ込まれる行いが続けられておるそうな」

小籐次の言葉を受けて昌右衛門が言った。

「となると、子次郎は評判の鼠小僧ではないのか、あるいは子次郎には仲間がおるか」

「赤目様はどう思われますか」

「子次郎は、己を盗人と称しておりますがな。されど、あの子次郎に仲間がおるとは思えんのじゃがな。どう考えてもあの者の言動ならば一匹狼のはず」

「赤目様の周りに集まってくるのは一癖も二癖もある連中ばかりでございますな」

「なんとのうじゃが、あやつとの付き合い、これで終わったわけではなさそうな」

ふっふっふふ
と微笑んだ昌右衛門が、

「赤目様のお陰で私ども退屈は致しません」

と言い添えた。そして、

「大番頭さん、赤目様のおられるうちに国三をこちらに呼びませんか」

「おお、そうでしたな。久慈屋後見の赤目様のお帰りを待っていたことをつい忘れておりました」

と応じた観右衛門が店に国三を呼びに行った。

昌右衛門も小籐次の膳を傍らにどかした。

観右衛門に連れられて緊張の表情の国三が姿を見せた。

「旅に出る前に内々には話してございましたな。そなたの見習番頭昇進を本日店が終わったあと、奉公人全員に知らせます」

と告げ、

「この場には先代以来の付き合いの久慈屋後見方赤目小籐次様がおられます。赤目様」

と小籐次に眼差しを送った。

「昌右衛門どの、それがしに異論はござらぬ、もはや国三さんは、番頭として立派に奉公できよう。一日も早く見習の二文字がとれるように務めに励みなされ」

と言った小籐次がいったん言葉を止め、

「わしはそなたの小僧のころから承知ゆえ、これほどうれしいことはない。祝着至極、めでたいのう、国三」

と祝意を述べ、国三が平伏すると、

「旦那様、大番頭さん、赤目様を失望させることなく奉公に励みます」

としっかりとした返答をした。

喜多造と若い衆が漕ぐ船が浅草寺を横目に隅田川を遡上していた。

「父上、旅の終わりはなぜ寂しいのでしょう」

と駿太郎が小籐次に尋ねた。

「さあてのう。わしの歳になるとおりょうのもとへと戻るのが嬉しいがのう」

「旅は嫌いですか」

「いや、嫌いではない。むしろ好きじゃな。じゃが、人の世は好きなことだけで成り立っておるわけではあるまい。われらも明日から一本いくらの、本来の研ぎ仕事に戻る」

「はい」

主ら親子の気配を察したか、クロスケとシロの吠え声が風に乗って遠くから聞こえてきた。

「戻ったな」

「はい、わが家に戻ってきました」

と小籐次と駿太郎は言い合った。

須崎村にも夏の夕暮れが近づいていた。

文春文庫

鼠異聞（ねずみいぶん） 下

定価はカバーに表示してあります

新・酔いどれ小籐次（しん・よいどれことうじ）（十八）

2020年7月10日 第1刷

著者 佐伯泰英（さえきやすひで）

発行者 花田朋子

発行所 株式会社 文藝春秋

東京都千代田区紀尾井町 3-23 〒102-8008

TEL 03・3265・1211㈹

文藝春秋ホームページ http://www.bunshun.co.jp

落丁、乱丁本は、お手数ですが小社製作部宛お送り下さい。送料小社負担でお取替致します。

印刷・凸版印刷 製本・加藤製本

Printed in Japan

ISBN978-4-16-791521-6